余冠英

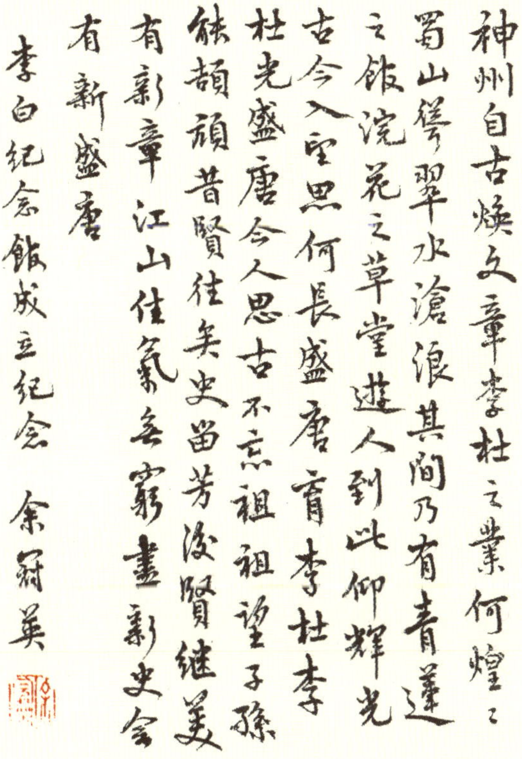
神州自古焕文章李杜之業何煌煌
蜀山鬱翠水滄浪其間乃有青蓮
之館浣花之草堂遊人到此仰辉光
古今入室思何長盛唐育李杜李
杜光盛唐令人思古不忘祖祖望子孫
能頡頏昔賢往矣史留芳後賢继美
有彩章江山佳氣無窮盡彩史今
有新盛唐
李白纪念館成立纪念 余舜英

作者手迹

碎金文丛

冠英说诗

余冠英 著
侯 明 编

商务印书馆
创于1897 The Commercial Press

2018年·北京

图书在版编目(CIP)数据

冠英说诗/余冠英著;侯明编.—北京:商务印书馆,
2014(2018.4重印)
(碎金文丛)
ISBN 978-7-100-10685-6

Ⅰ.①冠…　Ⅱ.①余…②侯…　Ⅲ.①古典诗歌—诗词研究—中国　Ⅳ.①I207.2

中国版本图书馆CIP数据核字(2014)第193414号

碎金文丛
冠　英　说　诗
余冠英　著
侯　明　编

商　务　印　书　馆　出　版
(北京王府井大街36号　邮政编码 100710)
商　务　印　书　馆　发　行
北　京　冠　中　印　刷　厂　印　刷
ISBN 978-7-100-10685-6

2014年10月第1版　　开本 787×1092　1/32
2018年4月北京第2次印刷　　印张 6⅜　插页 2

定价:28.00元

出版说明

学问一事，见微而知著，虽片言鳞爪，却浑然一体。及今观之，札记、书信、日记等传统书写方式，更是散发出无定向、碎片化的后现代气息。钱锺书先生便将自己的读书笔记题为“碎金”，凸显其特殊的价值。

文丛取名“碎金”，意在辑零碎而显真知，并与“中华现代学术名著丛书”相映衬。丛书所录，非为诸名家正襟危坐写就的学术著作，而是其随性挥洒或点滴积累的小品文章。分为治学随笔、学林散记、日记书信与口述自传等系列，多为后人精心整理或坊间经年未见的佳作。希望这些短小而精美、灵性而深邃、言简而隽永的吉光片羽，能帮助读者领略名家学者的点滴妙悟、雅趣文字，一窥学术经典背后的丰富人生。

商务印书馆编辑部

目　录

说　雅

“雅”字一向被用作品评诗文的重要标准，如今亦尚未废弃不用，虽然有人以为这个字的意义已经“堕落到令人憎鄙的地步”了。

假如现代人有鄙弃“雅”的事实，并不足怪，今人对文学的观念本不必同于古人，古人重视的标准自亦未必适用于现代。对古人的东西重作公平的估价正是我们应该做的事情。

“雅”的涵义颇不简单，这个字又经人用得太滥，如不加深察，误解是很容易发生的。据说“有人把寒酸看做雅的唯一条件”，或“与不循规例不守法则的人成为联想”，便完全是误解的结果。

又如一般人以古字为雅，今字为俗，“书语”为雅，“口语”为俗，似乎“雅”、“俗”之别就是“古”、“近”，“文”、“白”之分。胡适在一首白话诗里曾说“文字没有雅俗”，便是否认这一种雅俗的区别。其实这并不是雅俗的主要意义，更不是雅俗的全部意义。如以为“古”就是“雅”的唯一条件，纵然不算是误解，也该算是浅解了“雅”字。

我们如要对“雅”字作一番公平的估价，断定它是否还配继续作一个品藻诗文的准的，首先该将“雅”的意义作一番分析。

撇开最琐屑的部分不论，我们至少可以举出八个字来代表雅的重要条件，这八个字是：

（一）正（二）高（三）精（四）博

（五）深（六）重（七）闲（八）和

以下顺次作简略的说明。

（一）“正”是“雅”的本义，《论语》道：“诗书执礼皆雅言也。”（《述而》）雅言就是正言。荀子道：“君子安雅。”（《儒效》篇）安雅就是守正。皆有汉人的训解可据。

颜之推说："东方曼倩滑稽不雅。"（《家训·文章》篇）因为滑稽近于诡谲，诡谲是不正，所以不是雅。

司马迁说："百家言黄帝，其言不雅驯。"（《史记·五帝本纪》）因为关于黄帝的传说大都傅会神仙，不免荒诞，荒诞亦是不正，所以是不雅。

因为雅就是正的意思，所以雅的条件是守规矩，中绳墨。对于做人和做诗文而言都是这样。做人的规矩绳墨是"礼"，《抱朴子·刺骄》篇说："处礼废之俗，乃知雅人之不渝。"可知守礼不渝的君子，便是"雅人"。文章的规矩绳墨包括体制格律等等，我们常见古人说什么"正体"、"伪体"，"雅体"、"俗体"，"正"、"伪"之分也就是"雅"、"俗"之辨。文章能遵守传统的体制格律者，便是正宗，也就是雅品。选《宋七家词》的戈载论张玉田道：

> 玉田之词郑所南称其飘飘征情，节节弄拍；仇山村称其意度超玄，律品协洽，真是词家之正宗，填词者必由此入手方为雅音。

可知填词如不守格律便不得为“正宗”，也就不得为“雅音”，文学各体可以由此类推。

雅的诗文既是注重传统的格律的，便不能不以古人的作品为规范。历来文人多数尊经崇儒，所以最高的文章规范便是经传。刘勰说：

> 经为式者自得典雅之懿。（《文心雕龙·定势》篇）

又说：

> 典雅者，镕式经诰，方轨儒门者也。（《体性》篇）

黄庭坚说：

> 惟唐虞三代典、谟、训、诰，春秋战国士大夫之词令，最为古雅。（《与王观复书》）

“古”“典”何以与“雅”发生不可分的关系，可以从这里得到一个解释。

（二）“高”、“雅”常常连言，犹之乎“雅”、“正”常常连言。“雅”和“高”连在一起的时候，意思往往没有什么分别，常言“高人雅士”，实际只是指一种人士；“高情雅致”也只是指一种情致。

高是“度越流俗”的意思，“度越流俗”也是雅的条件。朱熹《答巩仲至书》道：

> 要使方寸之中无一字世俗言语意思，则其为诗不期高远而自高远矣。

这里以“世俗”和“高远”相对，可知“高远”代表着什么意义。方东树《昭昧詹言》道：

> 尝见后世诗文家亦颇有似古人处，而其他篇或一篇中忽又入以极凡近卑陋语，则其人心中于古人必无真知真好，故不能了然于雅俗之辨。

这明是以“凡近卑陋”为俗，而以“凡近卑陋”的反面为雅，“凡近卑陋”的反面自然是朱熹所说的“高远”了。

雅俗的标准本是随着智识的高下变的，如凭智识程度将人分为若干级，则下级的人所欣赏的文学艺术，上级的人往往以为不够雅，更上级的人必更以为不够雅。所以最称得起“雅”的，必是最不切近于流俗的，换言之，就是高出于“一般”的水准的。所以就此一义说，“雅”、“俗”两字可以拿现代人口头的“高级趣味”、“低级趣味”来翻译。

“高”的标准，在古人已不一致，在文学上，大致有两种高，一是“高华”，二是“高逸”。前者以曹子建诗为代表，后者以陶渊明诗为代表，两者均不失为雅。王士禛《香祖笔记》称“徐常侍诗文都雅，有盛唐承平之风”，是前一种雅；高棅《唐诗品汇》谓孟浩然诗“清雅”，是后一种雅。李东阳《麓堂诗话》云：“富贵人焜煌瑰玮之诗，谓之台阁气；贫贱人高逸恬淡之诗，谓之山林气，作者或穷或达，于此二气必有其一，方是真诗人。”台阁与山林都是中国士大夫看得很高的地方，所以这两种气都不妨害诗文之为雅。

（三）“精”与“粗”相对，“雅”与“粗”也相对，李密庵《半半歌》“半雅半粗器具”是其例。用作诗文评语，“精”字每与“雅”字相连，如《文心雕龙·才略》篇云："张衡通赡，蔡邕精雅。"和精字意义相近的字亦常与雅字相连，如"雅致"、"工雅"等等。与精字意义相反的字则常与"俗"相连，如"粗俗"、"俗滥"等等。

袁枚《随园诗话》云："诗难其雅也，有学问而后雅，否则俚鄙率意矣。"这里以"率意"与雅相对，率意正是精炼的反面。本来诗文粗制滥造是俗的因素，反过来，精致乃是雅的条件。所以同是韦应物的诗，司空图称为"精致"（《与李生论诗书》），白居易称为"高雅"（《与元九书》）。同是王维的诗，《唐诗品汇》称为"精致"，《岘佣说诗》称为"雅澹"。"精致"本是雅的一助。《文心雕龙·体性》篇云："孟坚雅懿，故裁密而思靡。""裁密思靡"正是精致之谓。

和"精"容易混淆的是"巧"，巧却是能伤雅的，《诗镜总论》评刘长卿"鸟似五湖人"句云："语冷而尖，巧还伤雅。"大致锻炼的工夫施于大处便是"精"，用于纤细末屑处便是"巧"。所以"大"与雅的关系也很密切，在下文就要论到。

（四）"博"有"大"义，雅也有"大"义，《世说新语》有"雅量"一门，雅量即是大量。"博"与"雅"

相连成词是常见的，多识广闻谓之“博雅”，如《楚辞章句》谓淮南王“博雅好古”。量洪识大亦谓之“博雅”，如《三国志》载诸葛亮谓姚掾“并存刚柔，以广文武之用，可谓博雅矣”。

对于人品而言，像黄宪那样“汪汪若千顷波”方不愧“雅流”。对于诗文而言，有这样汪汪千顷的气象，也没有不雅的。《诗眼》引黄山谷的话道：

> 庭坚因莘老之言遂晓老杜高雅大体。

老杜的诗体所以为高雅，和这个“大”字极有关系。(《唐诗别裁集》谓杜甫诗“如大海之水，长风鼓浪，扬泥沙而舞怪物，灵蠢毕集。别于盛唐诸家独称大宗”。)假如我们举李、杜、韩、苏和四灵、江湖作比较，问一问何者为雅？答案大概不会有两样。二者所以有雅俗之分，并非由于古近不同，而是因为“大”、“小”悬别。

“大方”是雅的别称，而“小气”是俗的异名，在寻常俗语中已见出博大和雅的关系了。

（五）王充《论衡·自纪》篇云：

夫文犹语也。或浅露分别，或深迂优雅，孰为辩者？

又云：

深覆典雅，指意难睹，唯赋颂耳。

皆将“深”与“雅”连在一起说。“深”是“深沉”、“深隐”之谓，含蓄是其主要条件。所以《能改斋漫录》道：

诗文要含蓄不露便是好处。古人说“雄深雅健”，便是含蓄不露也。

“深”的反面是“浅”与“露”，“浅”、“露”皆和“雅”不相容。《唐诗别裁》评罗隐《牡丹》诗道：

唐人牡丹诗每失之浮腻浅薄，独此篇尚近雅音。

可知浅和雅音是相悖的。锺嵘《诗品》说：

> 晋中散嵇康……讦直露才，伤渊雅之致。

可知太露是妨雅的。

（六）“重”和“雅”亦常常相连，例如《世说新语》谓周伯仁“风德雅重”，《唐才子传》称严维“诗情雅重”，王震《南丰集序》评曾巩文“衍裕雅重”。

“重”有“庄重”，有“厚重”。“庄”与上文所说的“正”相近，“厚”则近于下文要谈的“和”。沈德潜《说诗晬语》道：“韦孟《讽谏》《在邹》之作，肃肃穆穆，未离雅正。”肃穆就是庄重。徐祯卿《谈艺录》道：“《安世》楚声，温纯厚雅。”温纯近于厚重。如诗文具庄重的态度和厚重的体气，则必然是雅的。

章学诚《文史通义·妇学》篇道：“不才小慧之人无所不至，以纤佻轻薄为风雅。”从这句话可知“纤”、“佻”、“轻”、“薄”与雅相反，而这些字正是“庄重”和“厚重”的反面。论到诗文，这些字和雅不相容，更属显然。《唐诗别裁》论李商隐绝句道：

> 义山长于讽谕，工于征引，唐人中另开一境，

顾其中讽刺太深，往往失之轻薄，此取其大雅者。

这里正以“轻薄”和“雅”对言。又《师友诗传录》载张历友语云：

诗雅道也，择其言尤雅者为之可耳，而一切涉纤，涉巧，涉浅，涉俚，涉佻，涉诡，涉淫，涉靡者戒之如避鸩毒可耳。

由此可知“纤”、“佻”也是和雅相违背的。

（七）陶渊明是雅人，（陆树声《长水日抄》谓陶“雅操坚持”，焦竑《陶集序》说：“靖节先生微衷雅抱，发而成言。”）陶自称“闲静少言”。韦应物的诗是雅诗，（白居易称韦诗“高雅”，高棅称为“雅澹”。）韦自言“诗情清闲”。“闲”和“雅”似乎该有点关系。

闲和雅的关系怎样呢？

一，它们有相同的涵义。梁元帝《与萧挹书》云：“雅步南宫，容与自玩。”这里雅字代表舒缓的意思，和闲字并无分别，又闲与娴通，《说文》“娴，雅也”。

二，闲是雅的条件之一。叶燮《原诗》道：

元稹作意胜于白（居易），不及白从容暇豫，白俚俗处而雅亦在其中，终非庸近可拟。

白居易诗时病浅露，所以被人认为“俗”，（苏轼曰“元轻白俗”）但因为能“从容暇豫”之故，叶燮又以为俗中有雅，可见“从容暇豫”——“闲”——是雅的条件。

《艺概》称刘长卿诗“清赡闲雅，蹈乎大方”，诗文以“闲雅”为贵，反过来说，以着力太过为忌。叶梦得《石林诗话》说郑谷诗“格力适堪揭酒家壁，为人书扇耳，天下事每患自以为佳处着力太过，何但诗耳”。蒋子潇《与田叔子书》论古文八弊,其一曰“喘”。作诗文着力太过，其弊大则至于张皇汗喘，小亦不免矜情作态，这都是“闲雅”之反。

文学艺术有时以“疏”为雅，以“淡”为雅，因为疏笔淡笔可给人“无意求工，自然而工”的印象，正合于“闲雅”的条件。

（八）《文心雕龙·乐府》篇有“雅咏温恭”一句话，用温恭形容“雅咏”，温恭是和的意思。《颜氏家训》有“愔愔雅致”一句话，以愔愔形容“雅致”，愔愔也是和的意思。“和”是雅的重要条件中之最重要者。

《中庸》道：“喜怒哀乐之未发谓之中，发而皆中节谓之和。”以“中节”两字来解释“和”，最能得其要领。“中节”的条件有二：一是有效的节制；一是适当的配合。

在音乐上“雅”、“郑”之分就在“节制”之有无。《论语·卫灵公》篇说“郑声淫”，毛奇龄引《丹铅录》道：“淫者声之过也。”可见郑声之所以异乎雅乐，关键就在这一个“过”字，就是缺乏节制。《论语·八佾》篇道：“《关雎》乐而不淫，哀而不伤。”《荀子·乐论》篇道：“乐而不流。”皆表示节制的重要。

音乐重声的节制，文学更重情的节制。章学诚谓《风》诗“和雅”（《妇学篇书后》），王逸谓屈原文“温雅”（《九怀章句》），温就是和。《风》诗屈文何以称“和雅”、“温雅”呢？这可引汉淮南王刘安的话来说明。淮南王《离骚传》道：“《国风》好色而不淫，《小雅》怨悱而不乱，若《离骚》者可谓兼之矣。”“好色不淫”和“怨悱不乱”就是感情的节制，就是“温和”——“温柔敦厚”的温，“血气和平”的和。温和是“性情之正”，所以为雅。

诗文如要合于雅的条件，除感情的节制外，辞藻的节制也是要紧的。大红大绿的画人人认为不雅，因为颜色缺乏节制。诗文的辞藻正好比绘画的颜色。魏禧与友人论文道：“着佳言佳事太多，如肆之列杂物，非不炫目，正嫌其有市井气耳。”“市井气”就是“雅”的反面了。

适当的配合对于和，或说对于雅，也是不可少的，这在音乐、绘画、文学都很显著。沈德潜《说诗晬语》道：“诗中高格入词，便苦其腐，词中丽句入诗，便苦其纤。”“腐”和“纤”都是不雅的，这可以说明文辞格调的配合适当与否和文学雅不雅有着怎样的关系。我们读《红楼梦》，见大观园里放着一个稻香村，不免有“雅得这样俗”之感，原因就是觉得稻香村和这个园子里其他景物配合得不和谐。钱锺书先生《论俗气》引 Santayana 的话，说俗气就是自相矛盾，是很可玩味的。

由“温”、“和”这些字面看来，雅似乎是偏于“阴柔”的，其实不尽如此。《文心雕龙·才略》篇说：“刘琨雅壮而多风。”陈骙《文则》说：“《考工记》之文……雄健而雅……”可知“壮”、“雄”、“健”等字并不伤雅，而这些字都是代表“阳刚”之美的。反过来说，那些完全代表阴柔之美的“妍”、“婉”等字同样无伤于雅，方回跋尤袤诗道：“公与石湖，冠冕佩玉，端庄婉雅。”《宋十五家诗》道：“欧阳修古诗高秀，近体妍雅。”“妍”“婉”也可以和“雅”连言。

不过刚与柔均有一个限度，过了限度就不雅了。《四库提要》评刘改之的诗道：“粗豪抗厉，不甚协于雅音。”“粗豪抗厉”是刚得太过，所以不雅。《麓堂诗话》说：“闺秀诗俗。”闺秀诗往往过柔，所以为俗。刘熙载论书法，既须忌“兵气”，又须忌“妇气”，正是因为过刚过柔就和雅不相容了。大致刚不可至于粗犷慓悍，柔不可至于软媚无骨，这就是所谓限度。不越限度就是中节，就是“和”。能“和”方能“雅”。

从文质之分来看“雅”，也有同样情形，一般人都以为质朴的文章是雅的，华丽是不雅的，其实也不尽然，质朴固然不伤雅，古人所谓“清雅”、“淳雅”、“素雅”皆指质朴的文字。但我们看王逸称《离骚》、《九章》“丽雅”（《楚辞章句》），刘勰称商周之文“丽而雅”（《文心·通变》），可以知道丽也是不伤雅的。要紧的还是在不越限度。刘孝绰《昭明太子集序》道：“能使典而不野……丽而不淫……斯文在斯。”“不野”、“不淫”，便是限度，“野”与“淫”皆是“雅”的反面。

以上是雅的条件中最重要、最基本的八项，和诗文的形式与内容都有关系。称为雅的诗文虽不必同时具备这八个条件，但诗文如和其中任何条件相违反，就不能称为“雅”了。

除这八项外，上文还曾提到“典”、“古”、“健”、“疏”、“淡”等字。这些其实也是雅的条件，不过是次要的，所以不详细讨论。

根据上文所述，稍加申论，我们还可以有以下几点的认识。

甲、雅不仅和“美”有关，同时也和“真”与“善”有关。上文（一）所谓“诡谲”与“荒诞”是雅之反，同时也就是“善”与“真”之反。刘彦和既以“模经为式”为典雅，他在《宗经》篇里所说的“六义”实在可以做雅的注脚，其中“情深而不诡”、“事信而不诞”两义便关涉到文章内容之善与真。荀子说：“法贰后王，谓之不雅。”（《王制》篇）便是因为关于先王之世的传说不足传信——是以不真者为不雅。葛洪说：“不枉尺以直寻，不降辱以苟合者，雅人也。”（《抱朴子·外篇》）——是以善为雅。

乙、雅虽然是诗文品致之称，实则可以统摄许多品致，（正和孔子之所谓“仁”可以统摄“忠”“孝”“智”“勇”诸德一样。）如上文所说的“典正”、“高远”、“博大”、“厚重”、“精致”、“疏淡”等等，都各自代表着一种品致，而皆为雅所包容。再看那些和雅字连接成形容词的字何等众多，那些字何尝不是各代表着诗文的一种品致？（这些形容词见于本文者就有“典雅”、“古雅”、“高雅”、“博雅”、“渊雅”、“和雅”、“温雅”、“厚雅”、“庄雅”、“清雅”、“秀雅”、“淳雅”、“素雅”、“丽雅”、“都雅”、“婉雅”、“妍雅”、“闲雅”、“雅正”、“雅健”、“雅壮”、“雅重”、“雅淡”、“雅懿”等。）这些品致也就是“雅”的一部分。

丙、雅有两个标准，古人往往用雅字指截然不同的两种文学，一种是典丽厚重的，或称为“台阁气”的；一种是清真闲逸的，也就是“山林气”的。（此在上文（二）已略论及）虽然同称为雅，实则并非根据同一标准。

这种歧异的发生，是儒道两家思想影响于文学观念的结果。刘彦和以“镕式经诰”为雅（见上（一）

所引）是儒家思想之影响，这一种雅表现于诗文则为典丽厚重。杨伯夔以“饮真抱和”为雅（《词品·闲雅品》），则为道家思想的影响，这一种雅表现于诗文则为清真闲逸。（此种雅，司空图用“落花无言，人淡如菊”来象征它。）

中国士大夫的思想或儒或道，而多数是兼儒与道。所以这两个标准能并用于“雅”。

丁、雅是“贵族的”非“平民的”。雅俗观念本为士大夫阶级所专有。雅俗的标准本随智识高低而改变。（见上（二）所论）所以雅可释为“士气”和“书卷气”。雅的文学是士大夫所为，士大夫所赏，而非“大众”的。

雅与“平凡”、“庸俗”皆相反。雅代表一种超越的精神，这种精神通常称为“贵族的”精神。

由上甲、乙两点可知“雅”字意义复杂，所包者广。正为此故，雅字所能唤起的意象也就很模糊，常常需要别的形容字跟着它，限制它，方能标示明确的意义。如以单一雅字和与其他形容字相连接的词来比较，便显出表达意思之明确的程度不相同。例如说“王维和孟浩然的诗皆是雅的”，便不如说“王诗秀雅，孟诗清雅”来得明确。说“黄子久和倪元镇的画都是雅的”，便不如说“黄厚雅，倪淡雅”来得明确。

由丙，可知雅的本身实在可分为两种（细别之还可以再分为若干品），平常我们说雅是如何如何的，往往只是指其中的一种，如说“雅代表闲适趣味”或“雅代表古典精神”，皆是“只见其一”，“未睹其全”。

由丁，可知在重视“平民文学”，提倡文艺“大众化”的今日，雅确有和“时代精神”不相合之处。其不受尊敬乃属当然。不过雅的精神尽管不适合于现代，雅的条件中有许多却是无论何种文学所不能少的，未可一概抹煞。

四言、五言和七言*

——谈古诗的体裁

在这个题目下面，说的是中国古典诗歌的形式体裁问题。当然，古诗体裁不止这三种，尚有三言、六言、杂言以及某些特殊诗体如楚辞等，不过这里的三种却是数千年诗歌史上最为重要的，也是最常见的。

一

我国诗歌的最早形态是怎样的？这要根据最早的诗歌作品来加以归纳总结。从现今能够看到的文字资料来说，最早的诗歌作品有两部分。一部分是先秦两

---

* 此文系作者与江殷先生合作完成。——编者注

汉典籍中所记载或引用的西周以前的古歌。如《礼记》所载的《蜡辞》，据说是神农时的作品，《论衡》所载《击壤歌》，据说是尧时的作品，此外还有所谓“尧有大唐之歌，舜造南风之诗”等等。不过这些作品的被记载，都是与所称时代相隔数百年甚至千余年之后的事，其可靠程度很难说。另一部分是出土的商代卜辞和钟鼎铭文中的材料。它们的可靠性是无可置疑的，但其中可以称得上是诗歌的东西又实在太少。曾有人努力寻找并提出一些作品来，如《卜辞通纂》375，《国语》所载《商铭》，《礼记》所载《盥盘铭》等，不过这些作品只能说是接近于歌谣罢了，还不能算真正的诗歌。

我国现存最早的既可靠又成熟的诗歌，还应推《诗三百》，这是文学史上公认的第一部诗歌总集。《诗三百》中产生时代最早的篇章，要算《大雅》中的《生民》、《公刘》、《緜》、《皇矣》、《大明》等，一般认为，这些作品是周民族的史诗，在西周即已写定，而它们作为口头文学流传的时间当更早。从《诗三百》的体裁来看，尽管不那么单纯划一，但很分明地就是以四言为主，这是一部四言诗的总集。尤其应注意的是，其中的民歌（《国风》大部、《小雅》部分）、贵族诗歌（《雅》、《南》大部）、庙堂诗歌（三《颂》），都以四言为基本体裁。《诗三百》之外，尚有两周时期的一些佚诗，它们也被记载在先秦两汉的某些典籍里，如《史记》所载《麦秀歌》，《左传》所载《宋城者讴》、《子产诵》、《鹳鹆歌》等。这些也基本上都是四言体。可见在西周到春秋时期，无论是社会下层还是上层，是娱乐场合还是祭祀场合，所使用的诗歌都以四言为主，四言就是当时最流行发达的诗体。

为什么我国最早的成熟诗体是四言而不是其他形态呢？这个问题我们可以从两方面来解释。第一，古代汉语是以单音节构词法为其特点的，最常见的是一音一字一词，偶尔有复音词，但那是少数，而且一般为双声或叠韵词。既然以单音节词为主，那么每一字的容量、内涵就比较大，可以表达一个独立的意念，这就为运用较少文字来表达较多思想感情提供了条件。没有这个条件，那么仅用区区四字，不要说难以成为一种诗体，连能否较明畅地达意也是问题。第二，诗歌起源于劳动生活，这一点为多数文学史家所承认。因此最早的诗歌形式，往往直接或间接地反映着劳动的节律。鲁迅曾经生动地说过，那由第一个人创造出的文学是“杭唷杭唷派”。“杭唷杭唷”，这里也包含着原始诗歌所应具备的最基本特征：简单的音乐节律和语言平衡。按照这样的基本要求，我们来看，只有四言最相适应。它既简练，又富于节奏感和平衡感，它便于咏唱，便于记忆，且有可能对事物作相当程度的描写。所以，从西周初直到春秋时期，在大约五六百年的时间内，诗歌领域是四言诗的天下。《诗三百》不仅是我国第一个诗歌高潮的标志，也成为整个诗歌史上四言诗最高成就的体现者，无论从抒情或叙事的角度看，四言诗歌艺术在《诗三百》中都几乎臻于极致。如人所共知的诗篇《关雎》、《卷耳》、《野有死麇》、《柏舟》、《氓》、《大叔于田》、《七月》、《东山》、《采薇》、《大东》等等，是后世四言诗以及其他诗歌作者所学习借鉴的典范。“诗经”这一名词固然主要是从儒家伦理观念提出的，是西汉经学家的花样，但我想不妨借用这个名词，作另一意义上的解释：它是我国四言诗的经典性作品。

春秋时期以后，四言诗创作并未绝迹。战国时期有些零星歌谣，如《乌鹊歌》、《三秦记》民谣等。汉代则有韦孟、东方朔、杨恽等写过四言诗，在汉乐府歌辞中还有不少四言之作，不过多在“房中歌”、“郊祀歌”等部分。三国时曹操父子，以及王粲等都有四言作品，魏末的嵇康，西晋的陆机、陆云、潘岳，东晋的陶渊明等，也都是四言诗作者。同时，也出现过若干佳作，如曹操《步出夏门行·龟虽寿》：“老骥伏枥，志在千里。烈士暮年，壮心不已。”人们至今吟诵不衰。然而，总的来看，四言诗的创作势头已大不如前。至南北朝更成强弩之末，除了在一些死守古雅庄严传统的郊庙歌辞中尚保留着地盘外，在愈益丰富多彩的诗歌创作园地里，已经不占重要地位了。

四言诗的衰落，自有其社会和文学本身的原因。从社会方面说，迨及春秋末期，列国争霸发展到兼并战争，至战国，战争愈加频繁，规模也更扩大。这些战争从根本上破坏了广大人民的正常生活，人民的最低安定生活环境都不复存在，这也就破坏了产生并保存大量民歌的社会条件。另外，由于周王室衰微，由天下“共主”沦为一普通的小国，采诗、献诗一套制度早已废弃，所以即使有民歌也只能任其自生自灭了。至于那些大国的统治阶层士大夫，则处在论辩诡说之风大盛之际，当时正忙于连横合纵、处士横议，而对诗歌并无多少兴趣。所以战国时期少诗。从文学方面说，战国时期奴隶制迅速崩溃、新兴封建制度逐步确立，生活的巨变，对艺术形式也提出了不同的要求，反映上古社会生活的四言诗体，此时越来越显得不适应时代的复杂化的要求，诗体本身正酝酿着一场变革。尽管新的诗体尚未正式成立，但四言诗作为旧诗的代表，却已决定性地步入了衰落阶段。到两汉以后，随着五言诗的兴盛和七言诗的发展，它也就更加快了衰退的进程。在这方面，还有一个因素也促成了四言诗的衰退，那就是从战国中期开始的楚辞的兴起。楚辞本是楚地的诗歌，有着浓厚的地方色彩，只能算是一种特殊的诗体。楚辞的兴起，不仅改变着诗坛的风气，而且对后来汉赋的兴盛也很有影响，按刘勰的说法，赋是“受命于诗人，拓宇于楚辞”，实际上主要是楚辞的一种流变。辞、赋在两汉特别是西汉，在文坛占着压倒性优势，这种状况，一定程度上影响了诗歌的进展发达，而四言诗的被排挤也就无可避免了。

二

依次该说到五言。五言诗起源颇早，《诗三百》中就有一些五言诗句。《召南·行露》有："谁谓雀无角？何以穿我屋？谁谓女无家？何以速我狱？"《大雅·緜》有："虞芮质厥成，文王蹶厥生。予曰有疏附，予曰有先后，予曰有奔奏，予曰有御侮。"这些成章节的诗句，虽还未形成全篇，但无疑是五言诗的胚胎。战国前期有《孺子歌》："沧浪之水清兮，可以濯我缨。沧浪之水浊兮，可以濯我足。"此歌见载于《孟子》，似是一首五言歌谣，不过两"兮"字又使它有类于楚辞体。

五言诗的正式兴起，还是在汉代。汉初有《戚夫人歌》，它前二句为三言，后四句为五言，形态尚不够完整，但基本上是五言了。此外，有几首大体上可以判明为西汉中后期的乐府民歌，也是五言体的，如《东光》、《江南》。《汉书·五行志》载成帝时童谣"邪径败良田，谗口乱善人。桂树华不实，黄雀巢其颠。昔为人所羡，今为人所怜"，也是西汉后期一篇完整的五言作品。不过这些都属歌谣，在整个西汉时期，文人所作五言诗尚不可得睹。过去有"枚乘诗"、"苏（武）

李（陵）诗”之说，前人早已辩其不可信。

五言诗在东汉，无论民间歌谣还是文人创作，都有了长足进展。这当是五言体显示了巨大优越性的必然结果。相对于四言诗，五言诗虽然只是一字之增，但它增加的是整整一个节奏，因此句中的容量就大不少，表现功能也强得多，并且给诗句的变化曲折提供了更多余地。

从民间歌谣来看，今存汉乐府民歌中的五言作品，大部分是东汉时期产生的。这里包括一些令人注目的佳作，如《饮马长城窟行》、《上山采蘼芜》、《双白鹄》、《十五从军征》、《陌上桑》等等。它们不仅在内容上反映了多方面的社会生活，体现了“感于哀乐，缘事而发”的精神，而且在艺术上也颇具光彩。具体表现为：在叙述故事、描写人物上取得了很大进步，如《陌上桑》运用多种手法，从多种角度描写罗敷的美丽动人，又通过人物语言来刻画她的勇敢机智，写得很成功。另外，在比兴的运用上也很有特色，给人以耳目一新之感，如《枯鱼过河泣》：“枯鱼过河泣，何时悔复及。作书与鲂鲔，相教慎出入。”全篇皆比，比得巧妙新颖，沈德潜评论说：“汉人每有此种奇想。”

从文人创作来看，东汉时期又有一个发展过程。最先写作五言诗的是班固，他的《咏史》五言十六句，写汉文帝时缇萦救父故事，颇整饬，但拘于敷述事迹，技巧尚稚拙，被评为“质木无文”（锺嵘）。这是文人学习民间新诗体之初的现象。班固以后，又有张衡《同声歌》、秦嘉《赠妇诗》、郦炎《见志诗》、蔡邕《翠鸟》、赵壹《疾邪诗》等产生。这些作品，比起班固《咏史》来，有了进步，一个共同的特点是抒情性增强了。秦嘉、蔡邕、赵壹等都是东汉末桓、灵之世人，从他们的作品中，可以看出汉末五言诗已经达到相当高的水准。

但是，能够充分代表东汉文人五言诗水平的，还应推“古诗”。这是一批无主名作品，其总数达四五十首。其中有十九首被萧统收入《文选》，因称“古诗十九首”。就“古诗十九首”看，它们同一般乐府五言民歌有不小的差异。首先，乐府民歌多数重于叙事，而“十九首”则是清一色的抒情性作品。“大率逐臣弃妇、朋友阔绝、死生新故之感”（沈德潜），像《陌上桑》、《十五从军征》一类故事性很强的作品，一篇也没有。其次，“十九首”固然还保有不少民歌风格，而在驱遣文辞、巧妙地运用比兴来表现和烘托情绪上，又比乐府民歌更加细腻圆熟。它们写出了自然深婉的意境和清雅感人的气氛。刘勰说它们“婉转附物，怊怅切情”，锺嵘说它们“文温以丽，意悲而远”，甚至“一字千金”。因此，历来论者都以为是汉末文人所作，甚至有人揣测可能是建安诗人曹植、王粲的手笔。要之，“古诗”是文人五言诗初步成熟的标志。

建安时期是我国文学史上的一大高潮，从文学形式方面说，它主要是诗歌的高潮，尤其是五言诗的高潮。建安文人接受了汉代文人的影响，也写辞赋，但不同之处在于，他们明显地把主要的创作注意力转向了诗歌，在诗歌中又主要是五言诗。建安作者中最年长的曹操，他的诗远比赋多，而诗歌中则四言、五言参半。两种诗体中都有佳品，著名的《蒿里行》、《薤露行》、《苦寒行》等都是五言。曹操的这种四、五言兼涉的情况，与汉末的秦嘉、蔡邕等相似。至于王粲等“七子”和曹丕、曹植兄弟，就显然都以五言诗创作为主了。他们的优秀作品，绝大多数是五言，如王粲《七哀》、徐幹《室思》、阮瑀《驾出北郭门行》、刘桢《赠从弟》、曹丕《清河见挽船士新婚与妻别作》、曹植《送应氏》、《杂诗》、《赠白马王彪》等。此外如繁钦《定情诗》、蔡琰《悲愤诗》等，也都是五言。建安文人五言诗比起“古诗”来，又有进一步提高。具体表现为描写题材有了很大扩展，不仅有个人抒情述志之作，也有反映社会重大事件的“诗史”式作品，这就大大充实了五言诗的艺术功能。另外在词采的丰富和描写手段的多样等方面，建安五言诗作者们也取得了很大成就。总之，正如刘勰所说“暨建安之初，五言腾踊”(《文心雕龙·明诗》)，五言诗从建安开始，就进入了它的全盛时期，牢牢地占据了文坛的统治地位，它不仅压倒了四言诗，也压倒了辞赋，成为文人展现才华的主要工具。

建安以后，五言诗的优秀作者辈出，如阮籍、左思、刘琨、郭璞、陶渊明、谢灵运、鲍照、谢朓等，他们在我国诗歌史上都是重要人物。到南朝梁、陈时期，出现了“转拘声韵，弥尚丽靡”的靡弱风气，不过作为一种诗体，五言诗却就在此时又作了一次自身的改进，这就是由于声律学的发达而形成了新的五言格律体，从此五言诗又以古体和近体两种面目盛行在诗坛上。

三

一般不专门留意诗体问题的人或许以为，既然五言诗是在四言以后出现的，那么七言诗也一定是在五言以后出现的了。其实，这是一种误解。七言诗的起源并不晚于五言。且不说“诗三百”中也有一些七言句，如“二之日凿冰冲冲，三之日纳于凌阴”（《七月》），“学有缉熙于光明”（《敬止》）等，就以比较完整的形态来说，在战国中后期，就有以七言为主的劳动歌。荀子的《成相辞》是采用民歌的体式和腔调的，它就以七言为主干：“请成相，世之殃，愚暗愚暗堕贤良。人主无贤，如瞽无相何伥伥。”《礼记·檀弓》所载《成人歌》“蚕则绩而蟹有匡，范则冠而蝉有绥，兄则死而子皋为之衰”，也是一例。

西汉时期有一些七言的谣谚，如“画地为狱议不入，刻木为吏期不对”。此谚约产生于武帝时。成帝时的《楼护歌》、《上郡歌》亦是七言。乐府歌辞中有些作品如《董逃行》、《薤露》、《蒿里》等都以七言为主，它们基本上可以判断产生于西汉武帝时。此外有司马相如的《凡将篇》，就是以七言为句的字书，是一本儿童的启蒙读物。它之所以写成七言形式，就是为了利用当时的歌谣格调，便于记诵流传。又东方朔有“射覆语”：“臣以为龙又无角，谓之为蛇又有足，跂跂脉脉善缘壁，是非守宫即蜥蜴。”实际上也是歌谣体。东汉的七言歌谣现存者较多，丁福保《全汉诗》中就收录有《董宣歌》等十余首。歌谣之外，尚有不少七言谚语，如《戴侍中》等。东汉的七言歌谣和谚语，就其数量言，大大多于五言的同类作品。即便是在杂言体的谣谚里，七言句也比五言句多得多。不过在乐府歌辞里，则又颠倒了过来，五言作品大大多于七言。至于文人七言作品，则整个东汉时期都找不出几篇来，只有张衡写了一篇《四愁诗》。王逸有一篇《琴思》，是七言韵文，但梁启超认为它可能是《楚辞》的某篇注文，不是诗。

两汉时期的七言作品有一特点，即每句用韵。这是与四言、五言诗都不同的。其原因可能是七言句音较舒缓，一句即可咏唱，另外句内字数较多，可以表达比较复杂、完整的意思，所以一句就相当于一章，于是每句都须用韵。也正缘此，七言作品一般句数不多，特别是谣谚，大多为一、二、三句构成，而一句成篇的最多。

这也是四言、五言作品中绝少看到的现象。

这一现象是有些令人奇怪的：七言体发源甚早，历史之长不浅于五言，而且在两汉时期七言歌谣和谚语也颇多，数量超过五言的同类作品，但是，它们能够被收入乐府的却很少，而文人们则大多似乎不屑一试。同五言体相比，它显然受着冷落。这里的原因，大抵是与当时的文学观念有直接关联。在两汉人的观念中，“七言”这种体裁是不能算诗的，《后汉书·东平宪王苍传》说到刘苍著作时是这样叙述的：“章奏及所作书记、赋、颂、七言、别字、歌诗。”又同书《张衡传》也写道：“所著诗、赋、铭、七言……凡三十二篇。”“七言”都专列于诗之外。《后汉书》作者范晔是南朝刘宋时人，但他写的是汉代事，所以这可以认为是反映了汉人的观念。另外晋代傅玄作《拟四愁诗》，其序中却云：“张平子作《四愁诗》，体小而俗，七言类也。”可知七言不但不能算诗，而且被认为是一种“体小而俗”的东西，无怪乎它难以被文人所接受了。在此，我们应当佩服张衡，有勇气写出“体小而俗”的作品来。

曹丕是张衡之后创作七言诗的又一文人。他的《燕歌行》，写一思妇在秋夜中怀念征夫的心理活动，颇婉约清丽。《燕歌行》体裁上比《四愁诗》更纯，而技巧上也更成熟，一向被认为是第一篇成熟的七言诗。

然而，正如以上所引傅玄的言论所表明的，文人对七言体的鄙视，并不限于两汉时期，而是一直延续到魏晋以后。所以我们看到，在建安诗歌高潮中，七言诗却少到有似凤毛麟角，而在建安以后的很长时间内，七言又呈消歇状态。除了民间歌谣中续有产生外，一些重要诗人如阮籍、左思、陶渊明、颜延之、谢灵运等全都以五言名家，竟不愿染指七言，只有南朝刘宋的鲍照引人注目地写了不少七言诗，他的《行路难》十八首（包括杂言），以充沛的激情、奇丽的辞采，发唱惊挺，操调险急，写出了他对身处的门阀社会的强烈不满。《行路难》作为一组优秀的抒情七言诗，在形式上也有所改进，它舍弃了七言诗每句用韵的传统，改为隔句（复数句）用韵。这是七言体充分文人化的标志之一。然而，如同鲍照本人被排斥压抑一样，他的七言诗当时也并不受重视。在刘宋时以“休鲍”齐名的汤惠休也写过七言诗，如《白纻歌》、《秋风》等，写得也还颇有情致，但却遭到颜延之的鄙薄，说他的诗是“委巷中歌谣耳”。要之，鲍照把七言诗着实地振作了一番，但它在诗坛上的地位仍然是不高的。刘勰《文心雕龙》中论及过各种文学体裁，连“连珠”、“对问”、“七”这些“杂文”都加以“甄别”讨论，但就是无一语及于七言诗。从梁、陈开始，有一些诗人对七言体逐渐产生了兴趣，作者多起来了，如吴均、王筠等也都写了《行路难》，还有萧纲、刘孝威、庾信、卢思道、薛道衡等，都有作品，对七言体的成见显然在逐渐消失。但与五言诗比较，那数量的多寡、声势的大小，仍不能相提并论。例如庾信的七言乐府就只有四五篇，在他二百余篇诗歌总数中仅占很小比例。至于七言诗的格律化，则是在五言近体已告形成的背景下，在梁、陈时期肇其端的。如简文帝萧纲的《夜望单飞雁》：“天霜河白夜星稀，一雁声嘶何处归？早知半路应相失，不如从来本独飞。”就已经大体相当于七言绝句了。

七言诗的兴盛，还是从初唐时期开始的，具体表现为长篇的七言歌行有飞跃发展，著名的如卢照邻《长安古意》、骆宾王《帝京篇》、张若虚《春江花月夜》等，另外七言近体格律诗也为越来越多的诗人所掌握，产生了许多佳篇。不登大雅之堂的局面彻底改观的象征性事件，大约就是久视元年（700）五月武则天驾幸河南石淙山，命侍宴群臣共作了一组十六首的《奉和圣制夏日游石淙山》诗，它们全部是七言，其中有几首（李峤、崔融、薛曜等所作）还是格律严整的近体诗。

在唐代的诗歌大繁荣中，五言、七言是两种最基本的诗体。包括它们各自的古体或近体，都得到空前的大发展。它们在反映社会现实和抒情述志各方面的功能，也发挥到了极致，产生了许多不朽诗篇。在李白、杜甫等伟大诗人手中，往往是五言、七言兼擅，各标其美。然而，四言诗却没能在这百花竞放的大花圃中恢复它的英姿。

《中国古代山水诗鉴赏辞典》序

自从山水诗和山水画兴起以后，对于登山临水兴趣浓厚而条件受到限制的人，这两种艺术作品都是“卧游”之一助。不过诗和画在描写山水的工具和方法上不相同，其所能表现的境界略有广狭之别。大致说来，画笔表现山水的形象和色彩较鲜明，诗笔表现作者从山水引发的情、趣和各种感受办法较多。山容水态常有变化，因为不能不受到阴晴晦明和风云变幻等各种影响。绘画难于表现变化中的容态，而诗歌却有此手段。更明显的是画笔不能表现声音、气味等感觉，而诗中却能做到。

上面提到的情况可以举些实例来说明，如李白诗

《独坐敬亭山》:“众鸟高飞尽，孤云独去闲。相看两不厌，只有敬亭山。”诗中写鸟已飞尽，画无可画，云已飞远，或许可画，但是“闲”字如何画出？恐不免为难，诗写人与山相看不厌，似乎彼此有情。此情诗中表现出来了而画家却难着笔。又如王维《鹿柴》诗的首二句“空山不见人，但闻人语响”，因为“不见人”所以说是“空山”，其实那里并非无人，至少有一个人在，就是诗人自己。听到“人语响”的就是他。这情景诗中写来明白，但画家如何表现也是难题。

又如黄庭坚《鄂州南楼书事》:“四顾山光接水光，凭栏十里芰荷香。清风明月无人管，并作南来一味凉。”在这首诗中，“山光”、“水光”虽然画之不易却还不是毫无办法，至于那“芰荷香”的香和“一味凉”的凉，却真是画笔所不能到的了。

以上借山水画作比较，或能说明山水诗更适于作卧游之助。至于抄集诗篇比之搜集画幅，大有难易之别，那就是次焉者了。

山水是大自然中的一部分，有人说大自然是一部大书。诗是文学宝库中的一部分，以山水为题材的诗仅是其中的一部分，本书所收又是山水诗中的一小部分，是一部很小的小书。人们在生活中谁都接触过大自然，或多或少有些印象和感受。是否可以在读大书的时候参考参考这部小书，将自己的经验和感受同其中一些诗人的感受作些比较，或许在审美情操上能得些陶冶，也是提高精神修养之一助。

一九八九年二月二十一日

《诗经选》前言

一

祖国的文学遗产使我们感到自豪，不仅因为它历史悠久，源远流长，而且因为它丰富灿烂，有优秀的传统。我们的第一部诗歌总集《诗经》就标志着中国文学史的光辉的起点和现实主义文学传统的源头。

《诗经》里的三百零五篇作品，代表两千五百年前约五百多年间的诗歌创造。《诗经》以外的《逸诗》，往往是些零章断句，又多伪托，远不如《诗经》里的作品重要。

这些作品，积累到三百零五篇，编定成一部总集，大约在纪元前六世纪中。《左传》所记吴国季札到鲁国观乐时，鲁国为季札所歌各国风诗的次第，和今本《诗经》是相同的。而《诗三百》一语不止一次出于孔子之口，见于《论语》书中。可见在孔子时代《诗经》里的篇数和今本也是差不多的。季札观乐的事在公元前544年，正当孔子的幼年。文学史家假定在那时候已经有了和今本大致相同的《诗经》通行本，是可信的。至于《诗经》这个名称，当然起于这部总集成为儒家的经典以后。在孔子时代它只被人叫做《诗》，或《诗三百》。我们现在仍叫这部书为《诗经》，不过是依照习惯，沿用旧称，并非将它看做“圣贤”的著作，或表示它和一般的诗歌总集有何区别。

《诗经》分为风、雅、颂三个部分。风、雅、颂是从音乐得名。风是各地方的乐调，“国风”就是各国土乐的意思。古人说“秦风”、“魏风”、“郑风”，如同今人说“陕西调”、“山西调”、“河南调”。“风”字的意思就是声调。

《诗经》有十五国风。其中邶、鄘、卫三风实际都是卫国一国的风。《周南》、《召南》都是“南国”之风。这里所谓“南国”泛指洛阳以南直到江、汉的广大地域。全部风诗产生的地域不出陕西、山西、河南、河北、山东及湖北北部。

“雅”是正的意思，周人所认为的正声叫作雅乐，正如周人的官话叫作雅言。“雅”字也就是“夏”字，也许原是从地名或族名来的。雅乐又分为《大雅》、《小雅》两个部分。“大”“小”之别向来没有圆满可信的解释。可能原来只有一种雅乐，无所谓大小，后来有新的雅乐产生，便叫旧的为《大雅》，新的为《小雅》。《大雅》全部产生于西周，《小雅》里兼有东周的诗。

《颂》是用于宗庙祭祀的乐歌。近人王国维《说周颂》道：“颂之声较风、雅为缓。”因为颂诗多无韵，不分章，篇制短小，而根据《仪礼》知道奏一首颂的时间是很长的，这些现象都可以用声缓来解释。声缓可能是颂乐的一个特点。清人阮元《释颂》说“颂”字就是“容”字，容就是“样子”，颂乐是连歌带舞的，舞就有种种样子，因为有这一特点所以叫做“颂”。这一说近人采取的比较多，但是《颂》中虽有舞曲，其全部是否为舞曲尚无从证明。所以阮说只是可供参考的一种假说。（容字也有舒缓的意义，读颂为容，反而可以助成王说。）

颂诗分《周颂》、《商颂》、《鲁颂》。《商颂》大约是前八、七世纪之间宋国的诗，《鲁颂》是前七世纪鲁国的诗，体裁风格受了《风》、《雅》的影响，和《周颂》不同。

综上所说，风、雅、颂是音乐上的分类。《诗三百》本来都是乐歌。《墨子·公孟》篇道："儒者诵诗三百，弦诗三百，歌诗三百，舞诗三百。"《史记·孔子世家》道："三百五篇，孔子皆弦歌之。"《诗经》和音乐关系密切，是无可怀疑的。

三百零五篇中大部分是各地民间歌谣，小部分是贵族的制作。歌谣的采集方法，先秦书中没有明确的记载。汉朝人却作过一些说明。《汉书·食货志》说："孟春之月群居者将散，行人振木铎徇于路以采诗，献于太师，比其音律以闻于天子。"这是说周朝负责采诗的人是"行人"之官。何休《公羊传注》却说："男年六十女年五十无子者官衣食之，使民间采诗。乡移于邑，邑移于国，国以闻于天子。"这是说国家为了采集歌谣还养了大批的人。这些大概都是根据汉朝乐府采诗的情形所作出的想象，周人是否有一套采诗制度还是疑问。汉人所想象的情形也是可能有的，但我们以为各国的歌诗聚集到周天子的朝廷，更可能由于诸侯的进献。《论语》和《左传》有列国之间赠乐的记载，诸侯进献土乐于天子也应该是可能有的事。《左传·襄公十一年》："郑人赂晋侯（晋悼公）以师悝、师触、师蠲（三人都是郑国的乐师）……歌钟二肆（三十六钟），及其镈磬，女乐二八（女子能奏乐者十六人）。晋侯以乐之半赐魏绛。"晋国是诸侯盟长的地位，可以得郑国赠送音乐，以周天子的地位，列国向他献乐该不是希有的事。从上引这段记载，更可注意的是乐师可以送给别国。乐师本是掌管音乐的官儿和专家，他们以歌诗诵诗为职业，他们不但熟悉本国的歌谣，还可能是本国采诗工作的负责人或参加者。这些人除了被送给别国之外也能够自由到别国去，如《论语·微子》篇记载着鲁国的"太师挚适齐，亚饭干适楚，三饭缭适蔡，四饭缺适秦。"挚、干、缭、缺都是乐人的名字。乐师们往来于列国，就帮助了各国乐章的传播，他们聚集到王廷，也就使得各国的歌诗汇集于王廷了。

贵族制作的诗，或是为了讽谏与歌颂，或是为了典礼。《国语·周语上》说周厉王"得卫巫，使监谤者。以告，则杀之"。邵公谏道："为川者决之使导，为民者宣之使言。故天子听政，使公卿至于列士献诗，瞽献曲，史献书……”《晋语》六记范文子的话，也提到“在列者献诗”。《毛诗·卷阿传》也说：“王使公卿献诗以陈其志。”这些由公卿列士作的献上去的诗都是为了“陈志”，陈志不外讽谏和颂美。此外，遇有祭祀、出兵、打猎、宫室落成等事，往往要奏乐唱诗，这类典礼的诗大概出于天子左右的巫、祝、瞽、史之手。

诗的传授者最初是乐官。古代贵族所受教育以诗乐为先，而掌教者就是乐官。《周礼·春官·太师》：“太师掌六律六同……教六诗，曰风、赋、比、兴、雅、颂。”《礼记·文王世子》：“春诵夏弦，大师诏之瞽宗。”这些话都说明乐官兼管教育，他们是诗学老师。到孔子时代，学术、教育出于私门，仍然以诗为教学的重要科目。

古时贵族阶级学诗有其实用的目的，诗和礼乐不能分，礼乐是贵族阶级生活的重要部分。除了上文说到的讽谏与颂美要用诗，典礼要用诗而外，日常生活中还常常要借诗和音乐来表示情意，其作用几乎等于语言的一部分。《周礼·大司乐》说：“以乐语教国子：兴、道、讽、诵、言、语。”这便是以歌辞来表达情意。

《荀子·乐论》道："君子以钟鼓道志。"也是说贵族阶级要用"乐语"来表达情意。以乐歌相语大概由来很古，初民生活中男女恋爱就是要用音乐歌唱来交通情感的。这种风俗至今还存留着。古时贵族阶级借诗言志，在外交场合尤其不可少。《左传》、《国语》记载外交上赋诗的事很多，有时只是酬酢，有时完全借诗句办交涉。例如《左传·文公十三年》载郑君和鲁君会于棐地，郑君这时要和晋国修好，希望鲁君为他到晋国去说情。在宴会时郑大夫子家赋《小雅·鸿雁》这篇诗，取这诗第一章侯伯哀恤鳏寡，劬劳于野的意思，暗示需要鲁国哀恤，代郑国往晋国关说。鲁大夫季文子答赋的诗是《小雅·四月》，取首章行役逾时，思归祭祀的意思，表示拒绝。子家又赋《鄘风·载驰》的第四章，取其小国有急难，盼望大国援助的意思。季文子又答赋《小雅·采薇》的第四章，取其"岂敢定居"的意思，表示允许为郑国奔走。这一场交涉，两方全借赋诗示意。从这类的记载可以知道春秋时贵族阶级学诗的用处。孔子是强调学诗的，他说："不学诗无以言。"（《论语·季氏》）又说："诗可以兴，可以观，可以群，可以怨。迩之事父，远之事君，多识夫鸟兽草木之名。”（《论语·阳货》）这是说学诗除了帮助言语还有更广泛的用途。

孔门重诗学，孔子以后的儒者也都讽诵和弦歌《诗三百》，他们谈道说理也常常引诗为证。对于诗的解释也有所传授。他们用诗说诗也和赋诗一样，是断章取义的，他们对于诗义的了解并不完全正确。不过他们对于《诗三百》本文的记诵保存是有功的。否则在诗乐分离之后，这些作品会不会散失，能不能流传，是很成问题的。

二

《周颂》产生于西周前半，《大雅》中从西周初到西周末的诗都有。这两部分的诗在《诗经》中时代较早，性质相近。《周颂》多属祭祀诗，《大雅》里也有不少祭祀诗，《周颂》里多数是周人歌颂祖先的诗，《大雅》里也不少。一般地说，这些诗的艺术价值远不如《国风》和《小雅》，但也有一些值得重视的篇章。《周颂》里春夏祈谷、秋冬报赛的祭歌往往陈述农功，有关于农业生产的比较细致的描写，如《载芟》篇开端十句：

载芟载柞，其耕泽泽。千耦其耘，徂隰徂畛。侯主侯伯，侯亚侯旅，侯强侯以。有嗿其馌，思媚其妇。

这是说除去草木，将土耕得散松松地。上千对的人一齐耘田，高田低田都有人耕作着。父、子、兄、弟，一个个筋强力壮，劲头儿挺足。送饭的闹闹嚷嚷地来了，都是些漂亮的娘儿们。这是大规模集体劳动的场面，以简短的文字描绘出复杂的动态，正是我们的古代诗歌的特色。又如《良耜》篇写收获的场面道：

获之挃挃，积之栗栗。其崇如墉，其比如栉。以开百室。百室盈止，妇子宁止。

这一节的大意是说：刷刷地收割，多多地堆积。堆得像墙一般高，梳篦一般密。上百的谷仓装满了，女人孩子都得到了休息。这里也是以寥寥几句展示巨幅图景，给人深刻的印象。

叙事诗是《大雅》里的突出部分之一。《緜》、《生民》、《公刘》三篇是其中更突出的部分。《生民》歌咏周始祖后稷的灵迹和功德，在那些神话化的叙写中反映周人对于这一传说人物的热爱，因为相传他是农业的发明者。

> 诞置之隘巷，牛羊腓字之。诞置之平林，会伐平林。诞置之寒冰，鸟覆翼之。鸟乃去矣，后稷呱矣。实覃实訏，厥声载路。

这一章写后稷被弃而不死的神异。最初得牛羊喂乳，最后得鸟类覆翼，当群鸟飞去的时候，后稷开始啼哭，声满道路。这些叙写，简洁而生动。三千年前的文学语言已经如此精炼，简直使人不得不惊异了。本篇写后稷试种瓜、豆、禾麻等庄稼：

> 艺之荏菽，荏菽旆旆。禾役穟穟。麻麦幪幪。瓜瓞唪唪。

写后稷后来种谷的成绩：

实方实苞，实种实褎，实发实秀，实坚实好，实颖实栗。

这里有丰富多变化的形容词。此种对于庄稼的郑重的描写，反映古人对于掌握农业技术的喜悦。

《公刘》篇写周人由邰到豳的一次移民，从准备起程写到定居营建。关于观测地形、经营宫室、分配田亩、君臣宴饮，以及水利、军制，甚至锻冶等事都有叙写。

陟则在巘，复降在原。何以舟之？维玉及瑶，鞞琫容刀。

挂着佩刀，上下山原。这就是勤劳的移民领袖公刘的形象。

于时处处，于时庐旅，于时言言，于时语语。

这就是开始得到安居的大众，欢乐笑语的生活图景。

《緜》是写周人在古公亶父率领下，由豳迁到岐下的又一次移民。诗共九章，从迁岐、授田、筑室直写到对外族的斗争。第三章写岐下土地的肥沃道：

周原膴膴，堇荼如饴。

连苦菜都长得像糖一样甜，足见得水土之美，真是善于形容了。第五、六章写开始建筑的情形道：

俾立室家，其绳则直。缩版以载，作庙翼翼。捄之陾陾，度之薨薨。筑之登登，削屡冯冯。百堵皆兴，鼛鼓弗胜。

敲起大鼓本是为了鼓励劳动，但是百堵之墙同时并起，盛土、倒土、捣土、削土的声音把鼓声都压下去了。读了这一段，那场地上众多的工人和十分起劲的劳动场面一下子就在读者眼前展现出来了。这真是有声有色的文字。

此外还有《皇矣》、《大明》两篇，记文王、武王的武功。五篇联起来便成为一部周人建国的历史。这都是《大雅》中较早的作品，大约产生于周成王时。

这些叙事诗也许是祭祀时颂祖之歌，《生民》篇就有人说是郊祀以后稷配天的乐辞。上述三篇虽是歌颂祖德，歌颂英雄，却反映了人民的创造力量、人民的智慧和人民的劳动热情。诗的动人之处就在于此。

西周到夷王、厉王以后，政治腐朽，外患严重。产生了一些士大夫抱怨或讥刺王室的诗，如《板》、《荡》、《抑》、《桑柔》、《瞻卬》、《召旻》等篇（厉、幽两代产品），暴露了统治阶级内部的矛盾，也反映了社会的混乱与人民的怨恨。这些诗也是《大雅》里重要的部分。为了方便，在下章和《小雅》里的同类的诗合并起来谈。

三

《小雅》里也有不少责斥现实，反映丧乱的诗。这些诗大致产生于西周末叶与东周初年，多数为幽王时代产品，和上举《大雅·召旻》等篇或为同时，或相衔接。

西周的盛世并不长，自昭王、穆王以下时时感到承嗣为艰。到夷、厉时代，社会危机便充分暴露。厉王是在“民不堪命”的环境中被“国人”所流逐的。

宣王号称“中兴”贤王，对外虽然能抵抗异族，对内反而因为剥削过重，加深了危机。幽王以后一蹶不能复振。东迁以后的周室，共主的资格便名存而实亡了。《大雅·桑柔》相传是厉王时代的诗，形容那时危急情形道：

乱生不夷，靡国不泯。民靡有黎，具祸以烬。于乎有哀，国步斯频（濒）。

这是说当时动乱之中人民死丧离散，仅存的人有如焚烧后的余烬，国运已经走到了尽头。《大雅·召旻》相传是幽王时代的诗，形容那时不可收拾的局势道：

旻天疾威，天笃降丧。瘨我饥馑，民卒流亡。我居圉卒荒。

这是说在饥馑流亡的同时，四面受敌，边陲尽陷于荒乱。在这样的时代里便有些诗人为了追究责任，尖锐地指责统治者的昏乱、荒淫、腐朽。《大雅·抑》（厉王时诗）道：

其在于今，兴迷乱于政，颠覆厥德，荒湛于酒。女（汝）虽（唯）湛乐从，弗念厥绍。

这是说当时的执政者，倒行逆施，百事俱废，只知饮酒作乐，全不想继承先人的事业。《小雅·十月之交》道：

皇父卿士，番维司徒，家伯为宰，仲允膳夫。棸子内史，蹶维趣马，楀维师氏，艳妻煽方处。

这里列举幽王的佞臣七人，是当时的权门。“艳妻”指褒姒。他们内外相结，炙手可热。这都是大胆的揭露。

另外一些诗则指出了社会的不平。《小雅·正月》道：

佌佌彼有屋，蔌蔌方有谷。民今之无禄，天夭是椓。哿矣富人，哀此惸独。

那些猥陋小人都拥有财产，安乐地生活，而一般人都吃不消灾变，处于悲惨的境地。这是贫富之间的苦乐不均。《小雅·北山》道：

或燕燕居息；或尽瘁事国。

或息偃在牀；或不已于行。

或不知叫号；或惨（懆）惨（懆）劬劳。

或栖迟偃仰；或王事鞅掌。

或湛乐饮酒；或惨（懆）惨（懆）畏咎。

或出入风议；或靡事不为。

这是写贵贱之间的劳逸不均。试译为今语如下：

有些人在家里安安逸逸；有些人为国事筋疲力竭。

有些人吃饱饭高枕无忧；有些人在道路往来奔走。

有些人不晓得人间烦恼；有些人身和心不断操劳。

有些人随心意优游闲散；有些人为王事心忙意乱。

有些人贪杯盏终日昏昏；有些人怕得罪小心

谨慎。

有些人耍嘴皮只会扯淡；有些人为公家什么都干。

从这样尖锐的对比，可以清楚地看到贵贱的鸿沟，贵者奢逸享乐，贱者被压在劳役重负之下。这篇诗虽说是发个人的牢骚，实在道出了普遍的不平。

《小雅·大东》篇反映了东方诸侯（殷、奄诸族）与周人之间的矛盾。诗中说在西方的周人掠夺之下，“小东大东，杼柚其空”。而东人与西人相比，一切都是不平等的。诗云：

东人之子，职劳不来。西人之子，粲粲衣服。舟人之子，熊罴是裘。私人之子，百僚是试。

在这样的对比之下，见出东人被剥削、被奴役的地位和劳苦贫困的生活。

这诗后半列举天上星宿有空名无实用，来说明不合理的现象无处不存在，表示上天也不能有助于东人。

维天有汉，监（鉴）亦有光。跂彼织女，终日七襄，虽则七襄，不成报章。睆彼牵牛，不以服箱。东有启明，西有长庚。有捄（觩）天毕，载施之行。维南有箕，不可以簸扬。维北有斗，不可以挹酒浆。维南有箕，载翕其舌。维北有斗，西柄之揭。

这是说：天上的银河照人只有光没有影。织女星织布不能成纹。牵牛星拉车也不成。天毕星张在路上，用得不得其当。簸箕星不能拿来簸糠，斗星也不能拿来舀酒浆。末尾说斗星不但不能舀酒浆，而且它的柄向西方高举着，言外之意似乎是说它像是授柄给西人向东方挹取似的，也就是说苍天也像是帮助西人对东人进行剥削的。这篇诗意思极为沉痛，想象非常生动，表现手法也是不平凡的。

四

《小雅》里大部分是贵族的作品，小部分是民间歌谣，《国风》里大部分是民间歌谣，小部分是贵族的作品。在本章里我们试从《国风》、《小雅》来分析当时的民歌对于生产和战争的反映。《诗经》里许多民歌的产生时代是不能确定的。《国风》里的诗篇，就其中可以考知时代的部分说，最早的是《豳风·破斧》（周成王时），最晚的是《陈风·株林》（春秋中陈灵公时），其余大多数产生于周室东迁以后。因此文学史家按时代排列《诗经》中各部时总是先《周颂》，次《大雅》，次《小雅》，次《国风》，次《商颂》、《鲁颂》。这自然是大致的排法。对于某些歌谣，我们既不能知道它被记录于何时，更不知道它在口头流传了多久，怎么能把它归入西周或东周呢，由于这种情形，我们讨论和引用这些民歌时不能像上文那样，完全依照时代的顺序。

诗歌本来起源于劳动。歌谣和劳动的关系向来是密切的。《诗经》里的歌谣不但记录和描写了劳动生活，而且常常借劳动为比兴。如“采葑采菲，无以下体”（《谷风》），“伐柯伐柯，其则不远”（《伐柯》）之类是以劳动为譬喻；“爰采唐矣”（《桑中》），“伐木丁丁”（《伐木》）之类是借劳动来起兴。而《周南·芣苢》则是一首劳动歌曲：

采采芣苢，薄言采之。采采芣苢，薄言有之。
采采芣苢，薄言掇之。采采芣苢，薄言捋之。
采采芣苢，薄言袺之。采采芣苢，薄言襭之。

这是妇女采集芣苢（车前子）时所唱的歌，全首三章十二句，只更换了六个动词，却写出了采集所得由少而多的进展。把它译为现代语就是：

车前子儿采呀采，采呀快快采些来。车前子儿采呀采，采呀快快采起来。

车前子儿采呀采，一颗一颗拾起来。车前子儿采呀采，一把一把捋下来。

车前子儿采呀采，手提着衣襟兜起来。车前子儿采呀采，掖起了衣襟兜回来。

抓紧这诗的节奏，揣摩诗中的情调，设想夏天芣苢结子的时候，山谷里或原野上到处是采芣苢的妇女，到处响着歌声，是怎样的一种光景。方玉润说得好："读者试平心静气，涵咏其诗，恍听田家妇女，三三五五，于平原旷野，风和日丽中群歌互答，余音袅袅，若远若近，忽断忽续，不知其情之何以移而神之何以旷。”（《诗经原始》）简单的言语，简单的韵律，产生巨大的感染力量，这就是民歌的特征。

正如我们从《芣苢》篇能够感染到劳动中的欢乐，我们从《魏风·十亩之间》也能够感染到一番紧张劳动之后休息时的愉快：

> 十亩之间兮，桑者闲闲兮。行与子还兮！
> 十亩之外兮，桑者泄泄兮。行与子逝兮！

这似乎是采桑结束时，采桑者招呼同伴回家的歌唱。这里有鲜明的景色，浓厚的气氛，也是民歌中的上乘了。

《小雅》里有关农事的诗如《信南山》、《甫田》、《大田》等篇都不是以人民自己的眼光来反映劳动的诗，这里不去说它，单说《豳风·七月》。这篇诗叙述了农家男女全年的辛苦生活，充分反映了被剥削的痛苦。诗中的农民是男为主人耕，女为主人织，还要为主人打猎、盖房子、做衣服、藏冰、造酒。自己的生活是衣不蔽体，吃的是极粗糙的东西，住的是破屋，而他们的辛酸还不只是冻饿，本诗第二章道：

春日载阳，有鸣仓庚。女执懿筐，遵彼微行，爰求柔桑。春日迟迟，采蘩祁祁。女心伤悲，殆及公子同归。

把这九句译成今语如下：

春天里好太阳，黄莺儿叫得忙。姑娘们拿起高筐筐，走在小路上，大伙儿去采桑。春天里太阳慢悠悠，白蒿子采得够。姑娘们心里正发愁，怕被公子带了走。

清代诗人王士禛盛赞这一章能写出阳春的明丽。但是在这样的和风暖日之下，那些青年女子的心却是悲凉的，她们不但劳苦穷困，而且随时有被主人霸占蹂躏的危险。当时农民的悲惨生活在这篇诗里是深刻地描写出来了。

国风里还有一些民歌不但反映了剥削和被剥削的关系，而且也反映了被剥削者的反抗思想。例如《魏风·伐檀》：

> 坎坎伐檀兮，置之河之干兮，河水清且涟猗。不稼不穑，胡取禾三百廛（缠）兮？不狩不猎，胡瞻尔庭有县（悬）貆兮？彼君子兮，不素餐兮！

设想河边上一群伐木的劳动者，对于不劳而食的“君子”，你一言，我一语，作这样的冷嘲热骂，仇恨的情绪表现得岂不是很尖锐吗？那个“胡取禾三百廛兮”的质问提出来是了不起的，这充分表现人民对于现实的清醒的理解。“不稼不穑”而“素餐”的剥削越加重，农民的反抗便更强烈。《魏风·硕鼠》道：

> 硕鼠硕鼠，无食我黍！三岁贯女（汝），莫我肯顾。逝（誓）将去女（汝），适彼乐土，乐土乐土，爰得我所。

这里包蕴着更强烈的愤恨。我们揣摩原诗的语气，可以译成下面这个样子：

> 土耗子啊土耗子，打今儿别吃我的黄黍！整

整三年把你喂足，我的死活你可不顾。老子发誓另找生路，明儿搬家去到乐土，乐土啊乐土，那才是我的安身之处。

用“硕鼠”来比剥削阶级，非常恰当地揭示那阶级的本质，农民发出这样的诅咒，并且决心逃亡，可见剥削已残酷到使农民活不下去的程度了。所谓“乐土”（没有剥削的社会）在那时代当然只是空想罢了，但农民的逃亡并不是因为他们相信世上真有一块乐土，而是为了反抗。他们都知道“没有乡下泥脚，饿死城里油嘴”的真理，他们这一“去”对于那些“硕鼠”们确实是一个沉重的打击。

统治者对于人民除了剥削还要奴役。《诗经》里许多篇什表现了人民在徭役重压之下的呻吟和怨恨。《唐风·鸨羽》道：

王事靡盬，不能艺稷黍，父母何怙？悠悠苍天！曷其有所！

译文：

王差没有完，庄稼种不成，饿死爹妈谁来问？老天呀老天！哪天小民得安身？

为了应役，荒废耕作，使父母无人养活，这怎能不怨恨呢？《王风·兔爰》道：

我生之初，尚无为；我生之后，逢此百罹。尚寐，无吪！

译文：

听说我们上代，甭为官府当差；打我来到世上，到处都有迫害。睡罢永远睡罢，从此不把口开！

人民忍受不了无休止的奴役，甚至于宁愿早早结束生命。还有比这更沉痛的陈诉么？

所谓“王事”自然包括各种劳役，但主要的还是征戍。在人剥削人、人奴役人的社会里，战争对于统治者不过是满足贪欲的寻常手段，对于人民却是最大的灾祸。因此，除了抵御外族侵略，挽救国家危亡的战争，人民总不会和统治者态度一致。《诗经》里有关战争的民歌，什九是反映战争带给人民的痛苦和人民对于战争的憎恨。《国风》里最早的诗《豳风·破斧》便是参加“周公东征”的兵士所作，诗中写到久战归来武器残破的狼狈情况，也写到庆幸生还和痛定思痛的心情，可并不曾有一字半句歌颂周公这位“圣人”的武功。《东山》相传是周公东征奄国时的产品，这诗写远征的兵士役满还乡，当他在还乡路上迈第一步的时候就兴奋地想象到家后换上平民服装，不再参加那人民所不需要的战争。

诗云：

> 我东曰归，我心西悲。制彼裳衣，勿士（事）行枚。

这兵士又想到离家太久，家园可能已经荒废，但他却认为无论它怎样荒废，并不是可怕的而仍旧是可怀念的地方。

果蠃之实，亦施于宇。伊威在室，蟏蛸在户。町畽鹿场，熠耀宵行。不可畏也？伊可怀也。

译文：

栝楼藤长子儿大，子儿结在房檐下。土鳖儿屋里来跑马，蟢蛛儿做网拦门挂。场上鹿迹深又浅，磷火来去光闪闪。家园荒凉怕不怕，越是荒凉越牵挂。

《破斧》流露对战争的憎恶，《东山》反映对和平生活的热爱，本是一件事情的两面。《小雅·何草不黄》相传是周幽王时的诗，当时征伐不息，征夫怨恨统治者将人不当人，驱使他们奔走四方。“哀我征夫，独为匪民”（可怜我远征人，难道就不算人）？“匪兕匪虎，率彼旷野”（不是虎也不是野牛，旷野里东西奔走）。说得够沉痛的了。《采薇》大约也是西周的诗，写成边的兵士久历艰苦，在还乡的路上又饱受饥寒，末章八句，痛定思痛，最为感人，是几千年来传诵的名句：

昔我往矣，杨柳依依。今我来思，雨雪霏霏。行道迟迟，载渴载饥。我心伤悲，莫知我哀！

译文：

想起我离家时光，杨柳啊轻轻飘荡。如今我走向家乡，大雪花纷纷扬扬。慢腾腾一路走来，饥和渴煎肚熬肠，我的心多么凄惨，谁知道我的忧伤！

诗人因归途的景物回忆起来时的风光，无限感触都因这一回忆勾引起来。真情实景和动人的音节构成强烈的感染力量。“昔我”四句被晋人谢玄目为三百篇中最好的诗。从曹植以下，许多诗人一再模仿。这不是偶然的。

还有《卫风·击鼓》、《魏风·陟岵》和《王风·扬之水》都是写出征兵士的怀乡恋土之情，《卫风·伯兮》和《王风·君子于役》则是写军人的家属怀念远人，这也是一件事情的两面。以上这些诗所关涉的战争，除了少数不可考的之外，都是统治阶级的内战和侵略战争，其为人民所憎恨是当然的。但是一旦遇到正义的战争，人民便踊跃奔赴，一点也不踌躕，《秦风·无衣》就表现了这一种精神：

岂曰无衣？与子同袍。王于兴师，修我戈矛。与子同仇。

秦国和周民族的死敌西戎逼处，常常有战争而且常常是有关民族安全的战争，是可以想象的。这样的战争自必为人民所支持。热爱和平与坚决勇敢地抵御外族，捍卫国土，同是中华民族的传统，表现于《秦风·无衣》的慷慨从军的精神和表现于《何草不黄》等诗的憎恶战争的情绪是并不矛盾的。

五

在《诗经》里的民歌中占数最多的是有关恋爱和婚姻的诗。“无郎无姐不成歌”（江苏民歌），这情形古今并无二致。朱熹《诗集传序》道：“凡诗之所谓风者，多出于里巷歌谣之作，所谓男女相与咏歌，各言其情者也。”男女言情之作确实是风诗的主要内容之一。这些诗产生于不同的地域，时代也不完全相同，其中所反映的风俗不可能一致，不过大致可以看出《诗经》时代劳动人民男女之间的恋爱生活是比较自由的。这些诗大多数是当事者率真大胆的表白，感情大都是诚挚、热烈、素朴、健康的。虽然同属爱情的题材，内容却很少重复，凡属恋爱生活里所有的忧喜得失，离合变化都在这些诗里得到了表现。

对于女子到了适当年龄尚无配偶唯恐耽误青春的心理，《召南·摽有梅》表现得非常真切。

> 摽有梅，其实七兮。求我庶士，迨其吉兮！
> 摽有梅，其实三兮。求我庶士，迨其今兮！
> 摽有梅，顷筐塈(摡)之。求我庶士，迨其谓之。

译文：

梅子纷纷落地，还有七分在树。有心求我的小伙子，好日子休要耽误！

梅子纷纷落地，树头只剩三分。有心求我的

小伙子，到今儿不要再等！

梅子纷纷落地，得使簸箕来收。有心求我的小伙子，只要你开一开口。

诗分三章，表现一天比一天更迫切的期望，因为用了非常贴切的比喻，使人只觉这种表白天真动人，而不觉其过于直率。

有些诗表现两情未通的时候，一方面的爱慕想望，如《郑风·东门之墠》：

东门之墠，茹藘在阪。其室则迩，其人甚远。

东门之栗，有践家室。岂不尔思？子不我即。

译文：

东门长堤一道，坡上长着茜草。那屋子近在跟前，那人儿可真遥远。

栗树挨着东门，小屋齐齐整整。怎么不巴望你来，望你来你偏不肯。

“室迩”是说形迹并不疏远，“人远”是说感情还有距离。这两句写情是很深刻的，已经成为后人常常借用的言语了。

青年男女经过了“投我以木瓜，报之以琼琚”（《卫风·木瓜》）的定情阶段进入密恋生活，在《国风》里有多种多样的反映。有些诗写幽期密约，如“期我乎桑中，要我乎上宫”（《卫风·桑中》），或“静女其姝，俟我于城隅”（《邶风·静女》）。有些诗写同歌共舞，如“叔兮伯兮，倡予和女（汝）”（《郑风·萚兮》）和“君子阳阳，左执簧，右招我由房”（《王风·君子阳阳》）。有些诗写相思离别，如“彼采萧兮，一日不见，如三秋兮”（《王风·采葛》），或“未见君子，忧心钦钦。如何如何？忘我实多”（《秦风·晨风》）。有些诗写别后重逢，如“既见君子，云胡不夷”（《郑风·风雨》）或“亦既见止，亦既觏止，我心则降”（《召南·草虫》）。有些诗在叙写某一对情侣的恋爱生活的同时也反映了群众的欢乐，如《郑风·溱洧》写三月上巳，郑国的男男女女，包括这首诗中一对主人公在内，到溱洧两水的岸边欢度节日。那里的景象是“士与女，方秉蕑（兰）兮”，“维士与女，伊其相谑，赠之以勺药”。又如《陈风·东门之枌》写陈国男女拣了好日子在平原之上婆娑共舞，有一位在本诗作者眼中像一朵荆葵花（“视尔如荍”）的姑娘，就在这个场合送给本诗作者一把花椒子儿（“贻我握椒”）作为礼品，传达了情意。这些诗所描写的是顺利美满的恋爱生活，反映出来的环境也是比较自由的恋爱环境。

但是，在另外一些诗里却见出这种自由的限制，“父母之命”是子女婚姻必须通过的一关。从《郑风·将仲子》篇就见出父母对于子女的恋爱活动的干涉。诗中写一个女子不敢允许她的情人逾墙来相会，因为既怕父母和诸兄的责骂，又怕旁人的闲言闲语。可见不得父母同意的恋爱也要受舆论指责，是不能公开的。《鄘风·柏舟》篇也反映出当事人的意愿和父母之命的矛盾，《柏舟》是一个少女在婚姻受到阿母干涉时的表白，虽然她的意志是坚强的，她勇敢地宣称“之死矢靡它”（到死都不改主张），仍不得不伤心地叫出：“母也，天只！不谅人只！”（我的天啊我的娘啊！人家的心思你就不体谅啊！）读者设想那阿母如果始终“不谅”，这少女的命运又将如何呢?

在漫长的封建社会中，劳动阶级的妇女和男子比较起来地位更低，她们所受的痛苦也就更多些，在恋爱问题上也并不例外。历代的弃妇诗便很清楚地反映了这个情况。在《诗经·国风》里也有两篇弃妇诗，那就是《邶风·谷风》和《卫风·氓》。《谷风》的女主人公和《氓》的女主人公性格不同，前者比较柔顺，后者比较刚强，前者在被弃逐的时候还徘徊顾恋，希望那暴夫回心转意，后者却是拉倒就拉倒的态度，只是自悔错认了人罢了。不过她们的遭遇却是同样地不幸，都是糟糠之妻终于下堂。《氓》的女主人公从她自己的痛苦经历认识了两性在恋爱生活上的不平等。她无限哀怨地唱道：

于嗟鸠兮，无食桑葚！于嗟女兮，无与士耽（酖）！

士之耽兮，犹可说（脱）也；女之耽兮，不可说也。

译文：

斑鸠儿啊，见着桑葚千万别嘴馋！姑娘们啊，见着男人不要和他缠!

男子们寻欢，说甩马上甩；女人沾上了，摆也摆不开。

这不是一人一时的牢骚，而是千百万女性的真实悲愤的反映。旧社会的妇女痛苦多，或许这就是向来民歌中女性的歌唱占多数的主要原因吧。

我们不必为《诗经》民歌里的恋爱诗与婚姻诗的各种内容一一举例。但是像《郑风·出其东门》这样的民歌却值得特别一提。这首诗反映了劳动人民对于性爱问题的严肃态度。诗云：

出其东门，有女如云。虽则如云，匪我思存。缟衣綦巾，聊乐我员。

东门游女如云都不能引起这位诗人的注意，只有那“缟衣綦巾”，衣饰朴素的一位姑娘永远占据他的心。这样的表白是一往情深的。这诗和《鄘风·柏舟》同样表现了爱情的专贞。其实《诗经》民歌中绝大多数的情诗都反映着劳动人民忠诚老实的品质，热烈健康的感情和严肃认真的态度。过去的卫道先生们一见《诗经》中那些大胆的爱情表白和赤裸裸的恋爱生活的描写便大叫“淫奔之诗！淫奔之诗”！有些人甚至主张来一次“删诗”，把它们从《诗经》中抹去。他们对于这样自然率真的健康的两性关系不敢正视，而劳动人民看不顺眼的倒是剥削阶级在虚伪的礼文遮掩下的荒淫混乱。在《诗经》里就不乏讽刺和揭发统治阶级荒淫生活的民歌。例如《邶风》中的《新台》,《鄘风》中的《墙有茨》和《鹑之奔奔》,《齐风》中的《南山》、《载驱》,《陈风》中的《株林》等篇都属于此类。这些诗表现了人民对于统治者的淫行丑史强烈的憎恶，如云：“中冓之言，不可道也。所可道也，言之丑也。”(《墙有茨》)又云：“鹊之强强，鹑之奔奔。人之无良，我以为君。”(《鹑之奔奔》)这可以说是深恶痛绝了。其中尤以《新台》篇的形象化的讽刺给人深刻印象。其最后一章道：

鱼网之设，鸿则离之。燕婉之求，得此戚施。

译文：

下网拿鱼落了空，拿了个虾蟆在网中。只道嫁汉称心意，嫁着个缩脖子丑老公。〔一〕

这诗是刺卫宣公的，卫宣公娶了他儿子（名叫伋）的新娘，为了迎娶新娘还在黄河上造了一座新台。卫国人民讥刺这件事，将卫宣公比做癞虾蟆。

这些诗说明劳动人民在恋爱生活上，和其他方面一样，也表现了比剥削阶级高得多的道德水平。

六

《国风》里还有一些抒情诗不属于上述的范围，其中值得特别注意的是《秦风·黄鸟》，这诗是人民对于统治者残暴行为的公开抗议。据《左传》，秦穆公任好遣命使子车氏的奄息、仲行、鍼虎三人殉葬（当时殉葬者共一百七十人），秦国人民同情这些死难者，为他们唱出这首挽歌。诗共三章，分挽三人，每章都以“如可赎兮，人百其身”（如果准许赎他的命，拿我们

〔一〕 这里的翻译根据闻一多的解说。闻说见《诗经通义》和《诗新台鸿字说》，均收入《闻一多全集》。

一百个换他一个）二句作结。对于被迫害者表示高度的同情，同时也就是对于迫害者表示强烈的愤怒。《邶风·北风》是反映卫国百姓反对虐政，相携逃亡的诗，诗中以风、雪喻朝政，以狐、乌比君臣。《陈风·墓门》是刺不良执政者的诗，“夫也不良，歌以谇止”，明白说出作诗的目的。这一类的诗都明显地表现了人民的反抗性。

在丰富多彩的《国风》中，《豳风·鸱鸮》是非常别致的一篇。这篇全用一只母鸟的口吻诉述她遭受的迫害，育子和营巢的辛苦以及目前处境如何艰难危殆。第一章母鸟对鸱鸮说：

> 鸱鸮鸱鸮，既取我子，无毁我室。恩斯，勤斯，鬻（育）子之闵斯。

一开始就哀痛迫切使读者深受感动。末章不但作鸟的口吻，简直模仿了鸟的声音：

> 予羽谯谯，予尾翛翛。予室翘翘，风雨所漂摇。予维音哓哓。

这是最早的“禽言诗”，可能是以鸟拟人，别有寄托。但即使作为单纯描写鸟类生活的诗也是很有艺术价值的了。这篇诗使人联想到汉乐府里的《枯鱼过河泣》、《雉子斑》、《蜨蝶行》等篇，都带童话诗的风味，是歌谣中特有的境界。

《国风》里的诗并非全是劳动人民的创作。有的出于统治阶级最下层的分子，如《邶风·北门》，抱怨劳逸不均和“既窭且贫”，和《小雅·北山》同类。有的出于没落贵族，如《秦风·权舆》，悲叹过去住大屋高房，如今这顿愁着那顿粮。有的出于上层贵族，国君或君夫人，其中穆姬（许穆夫人）的《载驰》（《鄘风》）是表现了爱国精神的动人的名篇。作者是卫戴公的妹妹，嫁给许穆公。公元前六六零年，卫国被狄人攻破，卫人迁到黄河以南，暂时安顿在漕邑。许穆夫人回国慰问并为卫国计划向大国求援，但许国君臣因为国小怕事，竭力阻挠她的行动，引起她的极大愤懑。诗的第二、三章对劝阻她的许国大夫们宣告：

既不我嘉，不能旋反。视尔不臧，我思不远？

既不我嘉，不能旋济。视尔不臧，我思不閟（毖）？

译文：

即使你们都说我不好，你们也不能把我扭转。比起你们不高明的主张，我的眼光难道不长远？

即使你们都说我不好，你们也不能阻我前进。比起你们不高明的主张，我的考虑难道不谨慎？

末章语气更为坚决，有百折不回的气概。

大夫君子，无我有尤！百尔所思，不如我所之。

译文：

诸位先生高贵的官长，不要仅埋怨说我荒唐！你们即使有千百个主张，不如我自己决定的方向。

读者从这里仿佛直接听到那爱国女诗人的充满战斗精神的声音。

《邶风·泉水》和《卫风·竹竿》据魏源《诗古微》的研究，可能也是穆姬所作。《泉水》写作者为卫国奔走的种种计划，表现了和《载驰》篇相同的炽盛的感情。《竹竿》写对于祖国和旧日生活的怀念，也是真切委婉的动人作品。《诗经》里可考的作者是极少的，其事迹比较清楚，流传作品较多的只有穆姬一人。

《国风》和《小雅》里有些以美妙的描写被人传诵的名篇，如《卫风·硕人》之描写女性体态，《小雅·斯干》之描写建筑形状，《小雅·无羊》之描写牛羊生活，都是动人的艺术表现。这些诗都未必是劳动人民的创作，但是和民歌民谣的风格是接近的。

七

以上重点地介绍了风、雅、颂各类的诗歌，大致可以看出《诗经》的精华部分是《国风》和《小雅》，特别是其中的民歌民谣。这些民歌民谣是人民以自己的声音歌唱生活，自己的眼光观察现实，“饥者歌其食，劳者歌其事”，直接道出人民的劳苦和幸福，所爱与所憎，他们所受的损害和侮辱，他们的反抗和斗争。直接表现了他们的品德、智慧和天才。这些作品被统治阶级所占有、利用之后不免被改窜和曲解，但它们的光辉终不可掩。这些诗，一般都具有一目了然而挹之无尽的单纯而深厚的美。这本是人民的素朴的生活和真淳的感情的反映。其分章复沓的形式特点和多用叠字的语言特点和它们是歌唱的诗这一特点也是分不开的。那些民歌以外的优秀作品也一定程度地反映了社会的真实矛盾和人民的思想感情，或艺术地表现了各阶层生活里的一些片段。后代的优秀诗人往往从《诗经》的现实主义精神得到启发，也从《诗经》的简练生动的语言和丰富多样的艺术表现吸取营养。所以“风雅比兴”便成为“百世楷模”。

一九五五年六月

关于改诗问题

——讨论《诗经》文字曾否经过修改的一封信

××同志：

关于《诗经》里的文字是否经过统一修改的问题（可以简称为改《诗》问题），我看你用不着怀疑。如果你不否认十五国风、二雅、三颂产生于南北东西，各方各地，那就不能不设想其中应该有方言的歧异。这些诗既然汇集到周王廷，为周天子和周的贵族们歌唱，就不能不更改其中的土语方言为周人的普通话，以求使周人听来明白、谐适，能够欣赏。我们从《楚辞》里可以见到楚地的方言，而《周南》、《召南》里虽有楚风，不见楚语，正是由于经过周人修改的缘故。

如果你不否认《诗经》各篇都是乐歌，也可以设想到将诗合乐的时候难免有损益词句以就乐律的情况。某些诗篇经历两周，演唱了几百年，乐律上如果有些变化，分章如果有些改变，文字上或许也不得不因之而有些增减。我们看晋乐所奏的汉乐府歌辞，很多是经过增减修改的,其增减修改的字句有时还很多〔一〕。难保《诗经》不曾有过类似的情形。

《论语·子罕》篇记孔子自述："吾自卫返鲁，然后乐正，雅颂各得其所。"从这几句话可以想象春秋末年雅、颂之乐在鲁、卫有了歧异，所以孔子据卫乐以正鲁乐。这种歧异是否只存在于鲁卫之间？是否只限于雅、颂？这当然是无法推究的，但是由于《论语》这段话，使我们相信风、雅、颂之乐流传日久，在各国传习之中有产生变化的可能。乐的变化引起辞的增减修改同样是有可能的。孔子订正了雅、颂之乐是否因而也更订了雅、颂之辞呢？这当然也不能确知，但也不能说无此可能。至于那些以音乐为专业的周王廷

〔一〕 例如汉乐府《白头吟》，晋乐所奏分为五解，第三解和第五解各四句都不是原辞所有，另外又在第二解中增加了两句。又如曹操的《短歌行》，晋乐所奏分为六解，每解四句，全篇比原辞减少了六句。

和各诸侯之国的太师，修改风、雅、颂之乐和修改风、雅、颂之辞的可能比孔子当然又多得多了。

以上只是说《诗经》中的文字经过修改的可能性是不小的，它被修改的机会也是不少的。这都是推测之词。到底《诗经》被修改的实际情况如何，从《诗经》本身有无痕迹可寻呢？这才是我要和你讨论的主要问题。

相信《诗经》文字经过统一修改的人提出过这样一些理由：《诗经》各篇音韵差不多一律，句式主要是四言，而散见于先秦子史的“逸诗”都不像这样整齐谐适。《诗经》里还有不少相同的句子重复出现于许多诗篇，如“之子于归”，“彼其之子”，“王事靡盬”，“有杕之杜”等等，这些诗篇产生于不同的地区，不同的阶层，原作者彼此借用诗句是不大可能的。当然更不可能有这样多次的偶同巧合。这些现象都是后来统一加工的结果〔一〕。我以为这些理由都有一定的说服力，不晓得你是否同感，我在这里想从《诗经》中其他一些现象考察这个问题。

〔一〕 参看郭沫若《简单地谈谈〈诗经〉》（见《雄鸡集》第169页）、罗倬汉《诗乐论》第117页《编诗者之权衡》一节和北京师范学院中文系编写的《中国诗歌史》第75页至第77页。

你也许已经注意到《诗经》里有几个套子，反复运用，如出一手。例如《小雅·采薇》有“昔我往矣，杨柳依依；今我来思，雨雪霏霏”，《出车》篇有“昔我往矣，黍稷方华；今我来思，雨雪载涂”，《小明》又有“昔我往矣，日月方除；曷云其还，岁聿云暮”。这“昔我……今我……”就是套子之一。这个套子同见于《小雅》同是周人之作，或许可以说是后出的诗模仿流行之词。至于另外一些套子，屡见于各地的风诗，产地相距很远，就不可能以辗转模仿来解释。例如“山有……隰有……”的套子，出于五篇诗，凡九见：

山有榛，隰有苓。（《邶风·简兮》）
山有扶苏，隰有荷华。（《郑风·山有扶苏》）
山有桥松，隰有游龙。（同上）
山有枢，隰有榆。（《唐风·山有枢》）
山有栲，隰有杻。（同上）
山有漆，隰有栗。（同上）
山村苞栎，隰有六驳。（《秦风·晨风》）
山有苞棣，隰有树檖。（同上）

阪有漆，隰有栗。(《秦风·车邻》)

又如“未见……既见……”的套子，出于五篇诗，凡七见〔一〕：

未见君子，惄如调饥，……既见君子，不我遐弃。(《周南·汝坟》)

未见君子，忧心忡忡，亦既见止，亦既觏止，我心则降。(《召南·草虫》)

未见君子，忧心惙惙，亦既见止，亦既觏止，我心则说。(同上)

未见君子，寺人之令。……既见君子，并坐鼓瑟。……既见君子，并坐鼓簧。(《秦风·车邻》)

未见君子，忧心奕奕，既见君子，庶几说怿。(《小雅·頍弁》)

未见君子，忧心怲怲，既见君子，庶几有臧。(同上)

〔一〕此外还有只写出“未见……”,没有“既见……”和写出“既见……”而省略了“未见……”的例子,见于《小雅》的《隰桑》、《蓼萧》、《菁菁者莪》和《秦风》的《晨风》。

未见君子，忧心忡忡，既见君子，我心则降。（《小雅·出车》）

又如用“岂不尔思”一个问句引起下文，这也是一个套子，它出于四篇诗，凡七见：

岂不尔思？远莫致之。（《卫风·竹竿》）
岂不尔思？畏子不敢。（《王风·大车》）
岂不尔思？畏子不奔。（同上）
岂不尔思？子不我即。（《郑风·东门之墠》）
岂不尔思？劳心忉忉。（《桧风·羔裘》）
岂不尔思？我心忧伤。（同上）
岂不尔思？中心是悼。（同上）

以上举了三个套子，此外还有“岂无他人”“岂不怀归”“曷其有 ×”“维其 × 矣”等等套子，不备举。单就以上三例而论，它们所属的诗篇，有风，有雅。有出于南国，有出于西秦，有出于贵族，有出于民间，有产于西周，有产于东周。论时代，西周贵族之作在前（例如《出车》），要说模仿只能是后出之作模仿前出之作，很难想象民间歌谣（例如《草虫》）模仿贵族的诗。也难想象距离很远的东西南北的歌谣作者彼此模仿。这些套子重复出现的次数这么多，当然也不能说是偶同巧合。如果说这是出于后来统一加工者之手，那倒是比较合理的推测。

《诗经》里还有一些常见的语首助词，为《诗经》以外的先秦书中所少见，如“薄”和“言”。“薄”字用为语首助词如“薄污我私”（《周南·葛覃》），“薄送我畿”（《邶风·谷风》），“薄伐猃狁”（《小雅·六月》），“薄采其芹”（《鲁颂·泮水》）等。“言”字用为语首助词如“言告师氏”，“言告言归”（《周南·葛覃》），“言采其蕨”（《召南·草虫》），“言既遂矣”（《卫风·氓》），“言念君子”（《秦风·小戎》），“言私其豵”（《豳风·七月》），“言旋言归”（《小雅·黄鸟》），“言缗之丝”（《大雅·抑》）等。又有“薄”“言”连用者如“薄言采之”，“薄言有之”，“薄言掇之”，“薄言捋之”，“薄言袺之”“薄言襭之”（《周南·芣苢》），“薄言还归”（《召南·采蘩》），“薄言往诉”（《邶风·柏舟》），“薄言采芑”（《小雅·采芑》），“薄言观者”（《小雅·采绿》），“薄言震之”（《周颂·时迈》），“薄言追之”（《周颂·有客》)，“薄言駉者”(《鲁颂·駉》) 等，这些语首助词普遍于风、雅、颂，为《诗经》所特有。

助词出于口语，诗歌和口语比较接近，所以《诗经》里助词特多。《诗经》以四言句为主，经过整齐划一。因为要求句式整齐一律，有时不得不凑字以足句。《诗经》里多用助词，也因为助词无义，便于用来凑足一个句子的缘故。说到口语，我们不能不想到方言。许多《风》诗里的语首助词中何以不约而同都有这个“薄”、“言”？“逸诗”中又何以不见这个“薄”、“言”？回答这些问题仍然要提出那个推断，就是《诗经》里的文字是经过统一修改的，某些助词的统一也正是修改的结果。

《诗经》里文字经过统一修改也表现于某些称谓语的一致。上文提到“未见君子”，“既见君子”，那十多个“君子”里十分之九是妻称夫之词。此外还有“振振君子”(《召南·殷其雷》)，“展矣君子”(《邶风·雄雉》)，“君子于役”(《王风·君子于役》)，“言念君子”(《秦风·小戎》)，“君子宜之”，“君子有之”(《小雅·裳裳者华》) 等句中的“君子”也都是妻称其夫之词。《诗经》女子对丈夫的称谓，除个别处用“良人”

以外几乎全统一为“君子”。这种称谓可能是当时上层社会通行的。有人说：“大抵其时妇人之称其夫，皆止就其社会地位而言；统治阶级之妻，称其夫为君子，被统治阶级之妻，不称其夫为君子也。正同后代官腔。妻则称夫为老爷，夫亦称妻为太太，如是而已。”〔一〕这话似属可信。但是我不因此便相信这些称夫为“君子”的诗都出于当时的统治阶级，倒是觉得这些诗中的“君子”字样乃是由于统治阶级的修改。我们纵然不能立刻判明这些作品属于什么阶级，总该相信它们是产于不同的地方。很难想象四方各地的妇女对丈夫的称谓本来就是这样统一的。以后世的情况而论，即使在同一城市，妇女提到丈夫也还有多种多样的说法。解放前的北京妇女对人提到丈夫的时候最普通的说法是“我们先生”、“当家的”、“孩子他爹”，也有说“我们掌柜的”。“粗”一些说法是“我汉子”、“我男人”，或“我们那一口子”。最“文雅”的说法是“外子”。官派十足的说法是“我们老爷”。上了年纪的有时也说“我家老头子”。其义都同于“丈夫”。当然也有干脆说“我

〔一〕 朱东润《读诗四论》，第50页。

丈夫”的。这样数来也就不止十种了。以此推论，上面所举的那些诗篇既然不是同一地方所产，称谓应该更不统一。现在的统一显然是按照周贵族阶级的习惯加以修改的结果。

这些现象多少能够表明《诗经》经过统一文字，消灭方言，加工润色之类的修改。另外一些现象又表明《诗经》还经过增减章节，分割拼凑之类的修改，正如汉魏乐府的情形。

宋王柏《诗疑》曾指出《曹风·下泉》的第四章和上三章不类，却和《小雅·黍苗》相似，可能是错简〔一〕。又指出。《召南·行露》的第一章和后二章意思不贯，句法体格也不同，而刘向《列女传》说申人之女作此诗，提到后二章，而没有提前一章。可知前一章是窜乱进去的〔二〕。他还指出《小雅·小弁》的最后四句“毋逝我梁！毋发我笱！我躬不阅，遑恤我后？”既与上文意不贯，也不像对父亲说的话。这四句又见于《邶风·谷风》。王柏认为可能《小弁》亡脱末四句，

〔一〕 通志堂本《诗疑》卷一，第 9 页。
〔二〕 通志堂本《诗疑》卷一，第 1 页。

而汉儒取《邶风·谷风》中的这四句补了上去〔一〕。王氏所举三篇，除《下泉》篇内容有关历史事件，不能单从文字去讨论，而何楷《诗经世本古义》解说这篇诗大致可通〔二〕可以不论外，其余两篇确实是有问题。《行露》首章"厌浥行露。岂不夙夜？谓行多露。"和下文"谁谓雀无角，何以穿我屋？谁谓女无家？何以速我狱？虽速我狱，室家不足"等语，确实是毫不相干。《小弁》篇末的"无逝我梁"四句也确实是不伦不类。可以看出这些片段不是原作所有。王柏注意到这类现象，可谓目光锐利，虽然举例不多，对后人还是大有启发。不过这类现象所以产生的缘故却不是王氏所说的"错简"、"乱入"、"汉人补亡"等所能解释。

《诗经》各篇在战国时代尚为儒者所弦歌〔三〕，脱离音乐很晚，它们既伴随着音乐而流传，又普遍被人诵习，错简窜乱的可能性不大，和其他古书不同。至于

〔一〕通志堂本《诗疑》，第14页。

〔二〕《诗经世本古义》卷二八说《下泉》是曹人美晋荀跞纳周敬王于成周之作。此诗卒章似模仿《黍苗》。作者时代晚，又属士大夫阶层，自有接触西周雅诗，从事模仿的可能。

〔三〕《墨子·公孟》篇："儒者诵诗三百，弦诗三百，歌诗三百，舞诗三百。"

汉儒加以添补的可能性，那就更要小些，汉时传授《诗经》的有齐、鲁、韩、毛四家。如果有人随意增减经文，岂有不被异派经师攻击之理？而且有些可判断为增补的章节，从文义看来显然是赘疣（详下），汉儒为什么要添补这些东西呢？

像《行露》第一章那样和篇中其他部分“不贯”或“不类”的片段，实际是拼凑进去的。这种拼凑在《诗经》里还不是个别现象，拼凑的缘故应是增加章句以合乐。有时节取甲诗加入乙诗，被截取的诗有时就在流传的三百五篇之中，像王柏所举出的《小弁》末章“无逝我梁”四句，截取《邶风·谷风》就是一例。现在另举几篇有拼凑痕迹的诗来看看。且看《邶风·雄雉》：

雄雉于飞，泄泄其羽。我之怀矣，自诒伊阻。
雄雉于飞，下上其音。展矣君子，实劳我心。
瞻彼日月，悠悠我思。道之云远，曷云能来！
百尔君子，不知德行。不忮不求，何用不臧？

这一篇朱熹《诗集传》以为是女子思念久役在外的丈

夫之诗，刘克《刘氏诗说》以为是“女子属心于吉士之情而作”。总之，这里所写的是儿女之情。前三章都是相思之词，不需要多加解释。第四章忽然对一般“君子”讲起“德行”来，要他们不忮很，不贪求，口吻类乎说教。既与上文意思不相贯，也与思妇之词不相类，不能说没有拼凑的嫌疑。“不忮不求，何用不臧”二句为《论语》所引，这里的拼凑一定很早，当然不是后儒所为。再看《小雅·白华》：

白华菅兮，白茅束兮。之子之远，俾我独兮。
英英白云，露彼菅茅。天步艰难，之子不犹。
滮池北流，浸彼稻田。啸歌伤怀，念彼硕人。
樵彼桑薪，卬烘于煁。维彼硕人，实劳我心。
鼓钟于宫，声闻于外。念子懆懆，视我迈迈。
有鹙在梁，有鹤在林。维彼硕人，实劳我心。
鸳鸯在梁，戢其左翼。之子无良，二三其德。
有扁斯石，履之卑兮。之子之远，俾我疷兮。

这也是女子怀念爱人的诗。翻来覆去，说的无非朝思暮想。全诗八章，有拼凑嫌疑的是第七章。为什么独疑这一章是拼凑呢？一个理由是这一章的词句原是从其他诗篇节取来的，其本身就是杂凑成章。“鸳鸯在梁，戢其左翼”本是《小雅·鸳鸯》篇第二章的头两句。“二三其德”见于《卫风·氓》篇。“之子无良”和《鄘风·鹑之奔奔》的“人之无良”只差一字。这样凑成的四句，文义并不相贯。“鸳鸯在梁，戢其左翼”本是水鸟安宿的形象，可以用来象征幸福的生活，所以在《鸳鸯》篇下接“君子万年，宜其遐福”。在本篇，“鸳鸯”二句和下文“无良”、“二德”等语，却没有任何联系。另一个理由是“之子”二句和全诗情调不能调和。全诗只是道怀念的深情，缠绵往复。虽然偶有一点埋怨之词，仍然表现出柔情千结。这里“无良”的骂词，“二三其德”的指责，便完全是另一种情调。试想当《氓》篇的女主人公说出“士也罔极，二三其德”的时候表现多么强烈的悲愤？本诗和《氓》本不相类，从《氓》篇移植这样的句子，如何能不留斧凿之痕？再说，“硕人”二字在《诗经》里都属美称，本诗女主人公一而再，再而三地称她所怀念的人为“硕人”，而在这一章里忽然骂他为“无良”，这样的矛盾该如何解释？如果这一章本非原作，和其余七章本不出于一手，这些现象就都不足怪了。

《小雅·出车》篇也是有问题的。全诗六章，第五章却不似原作。

> 我出我车，于彼牧矣。自天子所，谓我来矣。召彼仆夫，谓之载矣。王事多难，维其棘矣。
>
> 我出我车，于彼郊矣。设此旐矣，建彼旄矣。彼旟旐斯，胡不旆旆？忧心悄悄，仆夫况瘁。
>
> 王命南仲，往城于方。出车彭彭，旂旐央央。天子命我，城彼朔方。赫赫南仲，猃狁于襄。
>
> 昔我往矣，黍稷方华。今我来思，雨雪载涂。王事多难，不遑启居。岂不怀归？畏此简书。
>
> 喓喓草虫，趯趯阜螽。未见君子，忧心忡忡；既见君子，我心则降。赫赫南仲，薄伐西戎。
>
> 春日迟迟，卉木萋萋。仓庚喈喈，采蘩祁祁。执讯获丑，薄言还归。赫赫南仲，猃狁于夷。

这首诗第一章写南仲受命治车马。第二章写出师。第三章写城于朔方，战胜猃狁。第四章写怀归。第六章写凯旋。第五章却是写女子对征夫的怀念和团聚，又插进“薄伐西戎”，实在不成章法。“喓喓草虫”六句是从《召南·草虫》篇节取来的。拼凑的人可能并不考虑文义，所以使得笺释的人除了附会和曲解便无法解释诗中的矛盾。如果玁狁就是西戎，第三章已经交代“玁狁于襄（除）”，第五章如何又言“薄伐”？而且第六章明明写春天凯旋，而第五章写“既见君子”是在秋虫鸣跃的时节，又是什么缘故？如果说玁狁、西戎是两个族，南仲于第一年的秋天回家后又出发征伐西戎，第二年春天平了西戎又回来，则何以下章只字不提到西戎而只说“玁狁于夷”？伐西戎的事前无引子，后无交代，又是为何？这都是无法解释的。这首诗的拼凑现象近人已经注意到。有人说这是“编诗者取南诗以凑成雅？整齐之篇章”〔一〕，有人说这诗的“后三章几乎完全是借用词句拼凑出来的”〔二〕，这些意见都值得咱们参考。

上面所举的例子都是一篇之中拼入个别的章节。这种情形另外还有，如《周南·卷耳》的第一章为思

〔一〕《诗乐论》，第165页。
〔二〕《中国诗歌史》，第75页。

妇之词，以下三章都是征夫之词。可能后三章是完整的一篇，而第一章是拼入〔一〕。又《小雅·小明》前三章各十二句，都是写征夫怀归而怕得罪，后二章各六句，却是诫在位的“君子”不要习惯于安居。前后情调不一致，语气不相贯，似乎后二章是拼入的部分。不过后二章也可以独立成为一个短篇，因而本篇也可能是两篇的拼合，和前面所举的那些以单章拼整篇的例子又不同了。

两诗拼合为一辞，在汉魏乐府里不乏其例〔二〕，《诗经》里却很少见。孙作云先生在《诗经的错简》那篇文章里曾判断《大雅·卷阿》篇本是两诗，值得注意。《卷阿》诗云：

> 有卷者阿，飘风自南。岂弟君子，来游来歌，以矢其音。

〔一〕孙作云《诗经的错简》附注提到日本青木正儿有《诗经章法独是》一文，言《关雎》与《卷耳》原来各为二诗，后误合为一诗。孙文载《人文科学杂志》第一期。

〔二〕例如《郊祀歌》第十章《天马》本是两辞，合并于李延年之手。《相和歌》中的《长歌行》中“仙人骑白鹿”十句为一首，“岧岧山上亭”以下为另一首，是一首汉诗和一首魏诗的拼合。

伴奂尔游矣，优游尔休矣。岂弟君子，俾尔弥尔性（生），似（嗣）先公酋矣。

尔土宇昄（版）章，亦孔之厚矣。岂弟君子，俾尔弥尔性（生），百神尔主矣。

尔受命长矣，茀禄尔康矣。岂弟君子，俾尔弥尔性（生），纯嘏尔常矣。

有冯有翼，有孝有德，以引以翼。岂弟君子，四方为则。

颙颙卬卬，如圭如璋，令闻令望。岂弟君子，四方为纲。

凤凰于飞，翙翙其羽，亦集爰止。蔼蔼王多吉士，维君子使媚于天子。

凤凰于飞，翙翙其羽，亦傅于天。蔼蔼王多吉人，维君子命媚于庶人。

凤凰鸣矣，于彼高冈。梧桐生矣，于彼朝阳。菶菶萋萋，雝雝喈喈。

君子之车，既庶且多。君子之马，既闲且驰。矢诗不多，维以遂歌。

孙先生认为此诗第一章至第六章为一篇，自第七章至

第十章为另一篇。他举了四条理由，较有说服力的是：第一，在赞美周天子的诗中篇末往往用“四方为纲”或“纲纪四方”作结，《大雅·棫朴》可资比较。本诗第六章有“四方为纲”之句，可知它是卒章。第二，前六章为赋体，后四章为兴体，作法不同。第三，最末两句说：“矢（陈）诗不多，维以遂歌。”若此诗自“凤凰于飞”以下为一首，则仅得二十四句，确实是“不多”，如加前六章，则为五十四句，就不能算“不多”了。我看还可以补充一些理由，就是前六章里的“君子”指周天子，而后四章里的“君子”指的是大臣。前六章里有“岂弟君子……似（嗣）先公酋矣”，“岂弟君子……百神尔主矣”，“岂弟君子，四方为则”，“岂弟君子，四方为纲”等语，这个“君子”非周天子不能当。到了后四章，明明说“维君子使媚于天子”，就是说君子使那些吉士亲爱天子，“君子”和“天子”当然不是一人。所以后人解说这个“君子”指在位的大臣。从内容观察，前六章确实是歌颂周天子的诗，而后四章歌颂的则是朝臣。末章“君子之车，既庶且多”云云，歌颂大臣的贵盛，还不为不得体，如用来颂天子就不相称了。这样看来《卷阿》可信是两篇诗拼合而成。如果《小明》也归入此类，则是无独有偶了。

《诗经》里还有一首诗曾被人疑为从另一篇分割出来的，那就是《豳风·伐柯》。吴闿生先生《诗义会通·豳风·九罭》篇注云：“先大夫曰：《伐柯》《九罭》当为一篇。上言‘我觏之子，笾豆有践’，此言‘我觏之子，衮衣绣裳’，文义相应。后人误分为二，于是上篇无尾而此篇无首，其词皆割裂不完矣。”吴氏的怀疑不为无因，他的假定可备一说。一辞分作两曲的例子在汉乐府里是存在的。崔豹《古今注》云：“《薤露》、《蒿里》并丧歌也，本出田横门人，……李延年分为二曲，《薤露》送王公贵人，《蒿里》送士大夫庶人。”〔一〕可知挽歌曾经李延年分割。《诗经》既属乐歌，如果有同样的情形也没有什么可怪。就是上述的这些情况使我相信《诗经》里的篇章字句曾经被人增减分合，统一修改。修改的主要原因是为了消灭方言歧异和便于合乐。修改的人应该主要是周太师。诸侯国家的乐官可能也有份。孔子是否也插过一手？那也难说，因为孔子也曾做过“正乐”的工作。修改也未必限于一次两次。

〔一〕《乐府诗集》卷二十七引。

那些由于唱法改变而作的修改，在这些诗篇脱离音乐以前都是可能有的。

《诗经》和汉魏乐府歌辞性质相同，所以不妨以汉魏乐府的修改情况推论《诗经》。不过汉魏乐府里许多改过的歌辞和原辞同时存在，甚至改作所依据的另一作品也存在〔一〕，比较之下，一目了然，研究《诗经》里的修改就没有同样的条件，往往不能不从那些斧凿之痕去推敲。因此上面所谈，推测之词不少，错误一定难免，姑且提出这些问题，以俟讨论。其中如果有些符合事实的地方，或许可以稍减你原来对这个问题的怀疑。请指教。

〔一〕 例如晋乐所奏《西门行》较之汉《西门行》本辞有所增添，也有所删削。其增添的部分是以《古诗十九首》中的"生年不满百"篇为蓝本，三篇俱在，彼此的关系容易从比较中发现。

关于《陈风·株林》今译的几个问题

××同志：

见来信得知你还在修改你的《风诗今译》，你的态度谨慎，译笔明洁，可读。即此已不容易。我于此道只是浅尝，没有什么值得一谈的“经验”可以贡献。至于对某些篇章的理解或感受不同处却是有的，不过问题很小，也不多。既然你还要继续推敲，不妨提出来共同考虑。现在谈谈《陈风·株林》。

《株林》的篇义，《毛诗序》说是“刺灵公也。淫乎夏姬，驱驰而往，朝夕不休息焉”。陈灵公和夏姬的事以及有关人物都见于《左传》和《国语》。《毛序》明白有据，并无异义。不过对诗中词句却有歧解，仍值得分析比较。大致不外地名、隐辞、异文和句读等问题。

这篇诗中有三个地名：株林、株野和株。《毛传》说株林是"夏氏邑"，也就是"朝食于株"的株。《笺》和《正义》无异说。《正义》解释株野为"株林之野"，这个株林所指也就是株邑。这些说法为后来许多说《诗经》者所依据。——这是第一说。

马瑞辰《毛诗传笺通释》云："株为邑名，林则野之别称。刘昭《读郡国志》曰：'陈有株邑，盖朱襄之地。'《路史》：'朱襄氏都于朱。'注：'朱或作株。'是株为邑名，故二章朝食于株得单言株也。《尔雅》：'邑外谓之郊，郊外谓之牧，牧外谓之野，野外谓之林。'野与林对文则异，散文则通，株林犹株野也。《传》云株林夏氏邑者，随文连言之，犹言泥中、中露邑名〔一〕，两中字皆连类及之耳。非以林为邑名。"——这是第二说。

王先谦《三家诗义集疏》云："株者，其地不详。……《说文》，邑外曰郊，郊外曰野，野外曰林。《鲁颂传》同。此诗林、野显然分列，《传》以株林为

〔一〕《邶风·式微》《毛传》云："中露，卫邑也。"又云："泥中，卫邑也。"

邑名，非也。”又云：“愚案灵公初往夏氏必托言游株林。自株林至株野乃税其驾，然后微服入株邑，朝食于夏氏。此诗乃实赋其事也。”——这是第三说。

第二、第三两说不完全相同，但都否定了第一说。第一说不可信，一则株邑本是旧邑旧名，只名朱或株，不名株林。毛氏无据。而且从诗的本文看，“匪（非）适株林，从夏南兮”《郑笺》说之未妥，后人也觉费解，原因就在于毛氏将株林、株邑说成一地。如果株林即株邑，夏南本是株邑的主人，“适株林”和“从夏南”就是同一回事，既说“从夏南”，如何能说“匪适株林”呢？何况下文明说“朝食于株”，显然与“匪适”两字矛盾。如训“匪”为“彼”（陈奂说），则此二句完全重复上文，又没有什么意义，所以株与株林不容相混。这一点应不成问题。

马瑞辰把株林和株野理解为二而一，说是说得通的。正如《召南·野有死麕》篇的“林有朴樕，野有死鹿”二句，林野互文，意义无别。《株林》篇的“株林”换为“株野”似乎为了变文协韵，可以不管其间的界划。但王氏强调林、野“显然分列”（胡承珙《毛诗后笺》强调“株林”与“株野”非一地，王氏从之）。却便于解释这首诗。株野是株邑的近郊，株林是远郊。从陈国的都城出发，先到株林，次到株野，然后进入株邑，层次分明。译诗从王说比较妥当，也是比较方便的。

《株林》诗有一显明的特点，就是多隐辞。说诗者常提到的是“从夏南兮”这一句。一般都注意到诗人因为淫佚之事不便说得太明白，所以只言夏南而不言夏南之母夏姬，是含蓄之笔。迂腐的人就说它是“为尊者讳”，是“忠厚”。但诗意恐不完全在这些地方。“从夏南兮”，诗中反复言之，既是刺灵公，也是对夏南的嘲骂之词。夏南是公族，位为大夫，是夏氏的主人。他的君与母丑声洋溢，使他也蒙上奇耻大辱而他不知道如何自处。灵公将“从夏南”作为往来夏氏的借口，作为抵拒非议的挡箭牌。夏南实际上起了掩护作用。灵公对自己的丑行，初时还有所讳，后来就发展到恣行无忌。夏南实际上助长了这种发展。像他这样的角色如何不被国人嘲骂！

第二章“乘我乘驹”〔一〕，也是一句大有关系的隐辞。

〔一〕 驹字，《释文》作骄，今本《诗经》或作驹或作骄。骄字于韵不叶，故多数作驹。林义光《诗经通解》引金文《伯晨鼎》、《兮田盘》皆云“锡驹车”，说明驾车之驹，字当作驹，不作骄。这问题可从林氏说解决。

古今说者纷纷。《毛传》说“大夫乘驹”。《郑笺》说“变易车乘以至株林（指株邑）”。毛、郑语虽简，大意尚可懂。此章上文是“驾我乘马，说（税）于株野”。“我”是诗人作灵公口吻说，他命令赶驾四匹马的车奔驰到株野息驾。然后自己改乘驾四匹驹的车再奔向株邑。《公羊传》隐公元年何休注云：“礼，大夫以上至天子皆乘四马。……天子马曰龙。高七尺以上。诸侯马高六尺以上，大夫、士皆曰驹，高五尺以上。”灵公先乘自己的车到株野，后改乘大夫的车到株邑，借此遮人耳目，不让人认出他是国君。《国语·周语中》载陈灵公“南冠以如夏氏”。南冠是楚冠。如，往也。可见当时灵公往来夏氏确有所忌讳，不敢让人民知道，有时改装，有时变易车乘。这首诗里驾四驹的大夫之车，可以设想就是夏氏的车（不必牵入其他大夫），因为只有乘夏氏的车以往夏氏，才不会引起路人的猜疑。或许夏南从陈国都城跟着灵公一路同到株野，或许他早已备车在株野迎候。这就是“从夏南”的一例。

“朝食于株”也是隐辞。“朝食”是双关隐语。闻一多《诗经通义》（全集二）说“惄如调（朝）饥”等语，并及《株林》的“朝食”句。他说：“古谓性的行为曰食，性欲未满足时曰饥，既满足时曰饱。”闻氏在《风诗类钞》(全集四)中注《有杕之杜》篇的“曷饮食之”和《丘中有麻》篇的“将其来食”等句都将饮食解为“性交的象征廋语”。参考闻说，可知“朝食于株”所暗示的是什么。把这句诗译为今语当然是困难的，在今语中找不出这样的双关隐语。不得不借助于注释。不过如能把字面上的意思译清楚，也多少能见言外之意。

你译“说于株野”作“株林郊外歇个脚”，译“朝食于株”作“株林吃饭赶个早”，用口语很生动。鄙意尚可改动一两个字，前一句林字改作邑即可；后一句除林字当改外，吃字也须再酌。“吃饭赶个早”并不能表示出指的是吃早饭，也可能被误会为吃消夜或午饭。宁可改吃为早，重复一个早字并无妨。甚至就用原语“朝食”也可以。

这首诗本是歌谣，歌谣有时为众口所编唱，不一定是某一个人的创作。读者与其效评点家玩索其笔法格法，不如去体味它的声吻语气。朱熹《诗集传》说“灵公朝夕而往夏氏之邑，故其民相与语曰……”，这“其民相与语”的提法是正确的体会。朱熹把首章看作众人的问答，远比牛运震《诗志》所谓“自问自答，自驳自解”近真。我们应该把这首诗看作陈国群众的街谈巷议，冷嘲热讽，也可能包含陈灵公的仆夫们的窃窃私语。诗中你一句，我一句，句中有笑声，有怒气，不一定都是庄语。

有些本子个别句读或文字的异同可能影响读者对诗中声情的体味。或从或违，应有所选择。例如林义光本，此诗首章作“胡为乎株林从夏南？匪适株林从夏南”二句，就不如陈奂分作四句。林本两个“从夏南”句下无兮字，又不如陈本有兮字。一加吟诵，感觉自会不同。兮字的有无，优劣更为明显。兮字作为句尾，其作用是延长上一字的音，拖长了的字音可以加强句中所表现的感情，或使读者更明白它的语气。译文中把兮字换上一个适当的语助字，也会有同样的效果。由于这些想法，我试粗译《株林》的大意如下（句后为原文）：

（一）

甲：他到株林干啥？（胡为乎株林？）

乙：要去夏南家呀！（从夏南！）

丙：他去株林是假，（匪适株林，）

要到夏南家呀！（从夏南！）

（二）

丁：驾上四匹马儿，（驾我乘马，）

我在株野息驾。（说于株野。）

戊：驾上四匹驹儿，（乘我乘驹，）

我在株邑吃早茶。（朝食于株。）

我对《株林》诗的领会本来很肤浅，译笔又甚拙，姑且借以补充上文未竟之意，兼博一哂。

一九八一年四月

乐府歌辞的拼凑和分割

古乐府重声不重辞，乐工取诗合乐，往往随意并合裁剪，不问文义。这种现象和“声辞杂写”同为古乐府歌辞的特色，也同样给读者许多困难。向来笺释家不注意乐府诗里的拼凑痕迹，在本不连贯的地方求连贯，在本无意义的地方找意义。结果是穿凿附会，枉费聪明，徒滋淆惑。本文目的在举出古乐府辞篇章杂凑的重要例子，考察其拼合的方式，并附带讨论有关的几点。所谓拼合方式，约可分为八类，列举如下：

（一）本为两辞合成一章，这种情形最早见于汉《郊祀歌》。《郊祀歌》第十章《天马》本是两辞，据《汉书·礼乐志》，“太乙况”一首作于元狩三年（《武帝纪》则云元鼎四年)，“天马徕”一首作于太初四年，应是合并于李延年辈之手。相和歌辞平调曲《长歌行》古辞“仙人骑白鹿”篇亦同此例，其辞曰：

仙人骑白鹿，发短耳何长？导我上太华，揽芝获赤幢。来到主人门，奉药一玉箱。主人服此药，身体一日康强，发白更黑，延年寿命长。岧岧山上亭，皎皎云间星，远望使心思，游子恋所生。驱车出北门，遥观洛阳城。凯风吹长棘，夭夭枝叶倾。黄鸟鸣相追，咬咬弄音声。伫立望西河，泣下沾罗缨。

这篇歌辞“岧岧山上亭”以下与前十句意思不相接，风格全不同，显然另是一首(严羽《沧浪诗话》、左克明《古乐府》皆别为两首)，但《乐府诗集》合为一章，自然因为当初合乐时本是如此。朱乾《乐府正义》假定“岧岧山上亭”以下是《长歌行》正辞，“仙人骑白鹿”十句是艳。《艺文类聚》引“岧岧山上亭”到“遥观洛阳城”八句，题作魏文帝于明津作，可知本篇是一首汉诗和一首魏诗的拼合。

（二）并合两篇联以短章，例如相和歌辞瑟调曲《饮马长城窟行》古辞：

> 青青河畔草，绵绵思远道。远道不可思，宿昔梦见之。梦见在我旁，忽觉在他乡。他乡各异县，展转不相见。枯桑知天风，海水知天寒，入门各自媚，谁肯相为言？客从远方来，遗我双鲤鱼。呼儿烹鲤鱼，中有尺素书。长跪读素书，书中竟何如？上言加餐饭，下言长相忆。

这一篇载入《文选》，历来有许多人加以解说。关于“枯桑”二句所喻何事，“入门”二句所指何人，说法最纷纭。“客从远方来”以下有人说是写梦境，有人说是叙实事，又有人说是“聊为不必然之词以自媚悦”，也颇不一致。正因为这一篇本不是一个整体，说诗的人勉强串讲，近于猜谜，才这样纷歧。事实上“青青河畔草”八句和“客从远方来”八句各为一首诗。“枯桑”四句并非完章，夹在中间，音节上它是连环的一节，意义上却两无所属。刘大櫆、朱乾都曾注意到这篇拼合的痕迹，刘氏《历朝诗约选》云：“疑此诗为拟古二首，一拟《青青河边草》，一拟《客从远方来》也。”朱氏《乐府正义》云：“古诗十九首皆乐府也，中有《青青河边草》，又有《客从远方来》，本是两首，惟《孟冬寒气至》一篇下接《客从远方来》，与《饮马长城窟》章法同，盖古诗有意尽而辞不尽，或辞尽而声不尽，则合此以足之。”两说微异，但均指出用“青青河畔草”与“客从远方来”句起头是古诗陈套，而本篇所包两首都是用现成的套子，实为妙悟。不过刘氏一定要说是“拟古”，却未必然。至于“枯桑”四句，他们似乎以为属于前一首，也不妥当。

（三）一篇之中插入他篇，例如相和瑟调《艳歌何尝行》古辞：

飞来双白鹄，乃从西北来，十十五五，罗列成行。（一解）妻卒被病，行不能相随，五里一反顾，六里一徘徊。（二解）“吾欲衔汝去，口噤不能开；吾欲负汝去，毛羽何摧颓！”（三解）“乐哉新相知！忧来生别离！”躇踌顾群侣，泪下不自知。（四解）“念与君离别，气结不能言。各各重自爱，远道归还难。妾当守空房，闭门下重关。若生当相见，

亡者会黄泉。”今日乐相乐，延年万岁期。（“念与”下为趋）

上面所抄全依《宋书·乐志》。《玉台新咏》有一首《双白鹄》，实为同一篇，而辞稍不同：

飞来双白鹄，乃从西北来，十十将五五，罗列行不齐。忽然卒疲病，不能飞相随。五里一反顾，六里一徘徊。“吾欲衔汝去，口噤不能开。吾将负汝去，羽毛日摧颓。”“乐哉新相知，忧来生别离！”峙嵎顾群侣，泪下纵横垂。今日乐相乐，延年万岁期。

朱嘉徵《乐府广序》疑《玉台》《双白鹄》为《艳歌何尝行》本辞，丁福保《全汉诗》也说《玉台》一首是“最初入乐之辞”，黄晦闻先生《汉魏乐府风笺》则云：“《玉台新咏》改《艳歌何尝行》为《双白鹄》。”我疑猜这两篇都有改动原辞的地方，而《玉台新咏》的一篇较近原辞。

《艳歌何尝行》第一解“来”字与“行”字相韵，

似乎是本来面目。灰韵与阳韵相叶，在汉乐府诗里屡见不鲜，如杂曲歌辞《乐府》“行胡从何方？列国持何来？氍毹毾㲪五木香，迷迭艾蒳及都梁”和《孔雀东南飞》“怅然遥相望，知是故人来，举手拍马鞍，嗟叹使心伤”用韵相同。《双白鹄》“十十将五五，罗列行不齐”两句，四言变为五言，灰阳相韵变为灰齐相韵，当是后代人为了使它更整齐谐适而加的改动。不过《宋志》比《玉台》多出的“念与君离别”八句，也不是原辞所有，这可以下列几个理由说明：

1．“今日乐相乐，延年万岁期”两句应直接上面“泪下不自知”句，因为“期”字是韵脚。这两句虽是入乐时所加的套语，意义和上文尽管不连属，在音节上却须是一个整体，不能失韵，这一层在乐府诗里从无例外，拿《白头吟》（晋乐所奏），《怨歌行》（“为君既不易”篇），宋子侯《董娇饶》和《古歌》“上金殿”篇等诗一比较就很明白了。（明、清人选本“延年万岁期”有作“万岁期延年”的，是故意改动以牵就韵脚，自不足据。）

2．“念与君离别”八句本身像是一篇诗，但有模仿杂凑之嫌，非汉人所作。因为前四句和古诗“悲与亲友别，气结不能言，赠子以自爱，远道会见难”太相像，“若生当相见”两句又和伪苏武诗“生当复来归，死当长相思”两句近似。

3. 从“飞来双白鹄”到“泪下不自知”，无论看作比体（喻夫妇）或赋体（咏白鹄），都是空灵活泼，意思完足的诗，加入“念与”八句，就觉得辞不相称，意亦嫌赘。（有人以为“念与”八句是妻答夫之词，和上文“吾欲衔汝去”八句夫谓妻之词相对，所以不可少。其实夫（雄鹄）谓妻之词只是“吾欲衔汝去”到“毛羽何摧颓”四句。下面“乐哉新相知”两句（或连下两句）正是妻答，即古诗“念子弃我去，新心有所欢”的意思，不需另外再有答词。）

《宋书·乐志》在此篇后注明“‘念与’下为趋”，原辞的趋该是止有“今日乐相乐”二句，插入八句为的是延长趋曲。

（四）分割甲辞散入乙辞，例如相和瑟调《步出夏门行》魏明帝辞：

步出夏门，东登首阳山。嗟哉夷叔，仲尼称贤。君子退让，小人争先。惟斯二子，于今称传。

林钟受谢，节改时迁。日月不居，谁得久存？善哉殊复善，弦歌乐情。（一解）商风夕起，悲彼秋蝉。变形易色，随风东西。乃眷西顾，云雾相连。丹霞蔽日，采虹带天。弱水潺潺，落叶翩翩。孤禽失群，悲鸣其间。善哉殊复善，悲鸣在其间。（二解）朝游青泠，日暮嗟归。（“朝游”上为艳）蹙迫日暮，乌鹊南飞。绕树三匝，何枝可依。卒逢风雨，树折枝摧。雄来惊雌，雌独愁栖。夜失群侣，悲鸣徘徊。芃芃荆棘，葛生绵绵。感彼风人，惆怅自怜。月盈则冲，华不再繁。古来之说，嗟哉一言。（“蹙迫”下为趋）

此篇除采魏武帝《短歌行》“乌鹊南飞”数句外，又取文帝《丹霞蔽日行》全篇（略易数字），将“丹霞蔽日”到“悲鸣其间”六句插入第二解，又以“月盈则冲”四句放在篇末。

（五）截取他篇加入本篇。上例对于魏文帝《丹霞蔽日行》是采取全篇，分割应用，对于武帝《短歌行》只是截取一部分。后一种情形较为常见。如楚调《怨诗》曹植辞“明月照高楼”篇共七解，其最后的一解“我欲竟此曲，此曲悲且长，今日乐相乐，别后莫相忘”就是截取《怨歌行》古辞末四句。这都可以指出来源。在古辞里往往有明知是截取陈篇，而原篇不传不能指实的，如“皑如山上雪”篇晋乐所奏“郭东亦有樵，郭西亦有樵，两樵相推与，无亲为谁骄”等句，不像是乐工自撰，恐是节录歌谣。

（六）联合数篇各有删节。这一类和第（五）类不同处——第（五）类是先有一篇完整的诗做主体，然后加入从他篇截取的部分；这一类是联合几个部分成一篇歌辞，而各部分都不是完整的诗。例如相和曲古辞《鸡鸣》篇：

鸡鸣高树巅，狗吠深宫中。荡子何所之？天下方太平。刑法非有贷，柔协正乱名。

黄金为君门，碧玉为轩（兰）堂，上有双樽酒，作使邯郸倡。刘王碧青甓，后出郭门王。舍后有方池，池中双鸳鸯。鸳鸯七十二，罗列自成行。鸣声何啾啾？闻我殿东厢。兄弟四五人，皆为侍中郎。五日一时来，观者满路傍。黄金络马头，颎颎何煌煌！

桃生露井上，李树生桃傍，虫来啮桃根，李树代桃僵。树木身相代，兄弟还相忘。

这篇歌辞应分为三部分如上式，辞意各不相连。首尾两段本身显然不像完整的诗，来源也不可知。中间一段虽丰长，实际其是从他篇节录，其来源还可以猜得大概。清调曲《相逢行》古辞云：

相逢狭路间，道隘不容车。如何两少年，挟毂问君家。君家诚易知，易知复难忘。黄金为君门，白玉为君堂。堂上置樽酒，作使邯郸倡。中庭生桂树，华灯何煌煌。兄弟两三人，中子为侍郎。五日一来归，道上自生光。黄金络马头，观者满路旁。入门时左顾，但见双鸳鸯。鸳鸯七十二，罗列自成行。音声何噰噰，鹤鸣东西厢。大妇织绮罗，中妇织流黄。小妇无所为，夹瑟上高堂。丈人且安坐，调丝未遽央。

此歌中段和《鸡鸣》中段大同小异。另有一篇《长安有狭斜行》和这篇也差不多，不过歌辞更简单些。大约同此一母题的诗共有三篇：《长安有狭斜》最简单，应是最早的一篇，姑且称为第一辞，《相逢行》为第二辞，第三辞不传，但其主要的部分被节录拼入《鸡鸣》篇，就是该篇的中段。读者试将三篇比照细看，便知这种猜测关非无理。

魏乐府拼凑方式和此例相同的，有文帝《临高台》篇：

> 临高行台高以轩，下有水，清且寒，中有黄鹄往且翻。行为臣，当尽忠，愿令皇帝陛下三千岁，宜居此宫。鹄欲南游，雌不能随。我欲躬衔汝，口噤不能开；欲负之，毛衣摧颓。五里一顾，六里徘徊。

此歌在冯惟讷《诗纪》分三段，以"往且翻"以上为第一段，"宜居此宫"以上为第二段，"鹄欲南游"以下为第三段。冯氏云："此曲三段辞不相属，'鹄欲南游'以下乃古辞《飞鹄行》也。"《乐府正义》分为两解，以冯氏所分第二段属上为前解，"鹄欲南游"以下为后解。认为"前约汉铙歌《临高台》，后约瑟调《艳歌何尝行》"。其说很确。"水清""黄鹄"等句都出于汉铙歌《临高台》曲，“愿令皇帝陛下三千岁”也是从汉曲“令我主寿万年”变来。“鹄欲南游”以下是《艳歌何尝行》的简约，更为显著，这一点《诗纪》意见相同。《飞鹄行》就是《艳歌何尝行》，见《宋书·乐志》。

（七）以甲辞尾声为乙辞起兴，例如相和瑟调《陇西行》古辞：

> 天上何所有，历历种白榆，桂树夹道生，青龙对道隅。凤凰鸣啾啾，一母将九雏。顾视世间人，为乐甚独殊。好妇出迎客，颜色正敷愉。伸腰再拜跪，问客平安不。请客北堂上，坐客毡氍毹。清白各异樽，酒上正华疏。酌酒持与客，客言主人持。却略再拜跪，然后持一杯。谈笑未及竟，左顾敕中厨。促令办粗饭，慎莫使稽留。废礼送客出，盈盈府中趋。送客亦不远，足不过门枢。取妇得如此，齐姜亦不如。健妇持门户，亦胜一丈夫。

这篇开端八句和“好妇出迎客”以下截然分为两段，

姑依旧说以前段为起兴。和这篇有关的一首诗是《步出夏门行》古辞（与《陇西行》是一曲之两辞）：

> 邪径过空庐，好人尝独居，卒得神仙道，上与天相扶。过谒王父母，乃在太山隅。离天四五里，道逢赤松俱。揽辔为我御，将吾天上游。天上何所有，历历种白榆。桂树夹道生，青龙对伏趺。

此篇末四句和《陇西行》开端相同，陈祚明《采菽堂古诗选》说《步出夏门行》取《陇西行》成语，事实恰恰相反。至于“凤凰鸣啾啾”以下四句，似乎原来也属于《步出夏门行》，可能是传写脱佚，更可能是入乐时所删。曹效曾《古乐府选》引唐汝谔《古诗解》云：“此诗语意未完，而《陇西行》‘天上’数语又与‘好妇’以下绝不相蒙，其为错简无疑，若以此诗合‘为乐甚独殊’为一诗则完篇矣。”也以为《陇西行》前八句应该全属《步出夏门行》，意见极好。至于“错简”的说法自不必采，因为在乐府歌辞里，采彼合此是常有的事，并非错简。

《诗·小雅·出车》第五章“喓喓草虫，趯趯阜螽，未见君子，忧心忡忡”和《召南·草虫》首四句相同，有人引为起兴由尾声变成之例。《陇西行》的起兴也是由尾声变成。此例虽然也可以归入第（五）类，但毕竟为特殊，所以单列。

（八）套语，在乐府诗句里常见“今日乐相乐，延年万岁期”，“今日乐相乐，延年寿千霜”，“吾欲竟此曲，此曲愁人肠”，“吾欲竟此曲，此曲悲且长”，或“愿令皇帝陛下三千岁”，“欲令皇帝陛下三千万”之类，大同小异，已成套语，随意凑合，无关文义。这类例子很多，而且是大家知道的，不备举。

从上举各例看来，可以知道，古乐府歌辞，许多是经过割截拼凑的，方式并无一定，完全为合乐的方便。所谓乐府重声不重辞，可知并非妄说。评点家认为“章法奇绝”的诗往往就是这类七拼八凑的诗。

在这里可以附带论及两事：第一，乐府诗被割截删削，并不限于和其他歌辞相拼凑的时候，如上举（五）、（六）、（七）诸例。单独一篇在入乐的时候有时也被删。上文就说到《步出夏门行》古辞末尾原该有“凤凰鸣啾啾”等句，现在没有，并不一定是脱佚，可能就是入乐时被删。汉曲古辞有些篇幅太短，语意不完的，似乎都属此类，如瑟调曲《上留田行》："里中有啼儿，似类亲父子，回车问啼儿，慷慨不可止。"这诗也是被认为"奇妙"的一篇，但实在不完全，其原因应如上说。

古曲到后代经删削而后应用的例子也不少，如魏武帝《短歌行》晋乐所奏就比原辞少八句。舞曲歌《淮南王篇》齐代所奏就比晋乐减少四解。

第二，和上面所说的"拼合"相反，一辞分为数曲的例子也不是没有。《乐府诗集》二十七引崔豹《古今注》云："《薤露》、《蒿里》并丧歌也，本出田横门人，……至汉武帝时，李延年分为二曲，《薤露》送王公贵人，《蒿里》送士大夫庶人。"据此，可知挽歌曾经李延年分割。又如汉铙歌《有所思》和《上邪》两篇，庄述祖《铙歌句解》说是男女赠答之词，应合为一篇。闻一多先生《乐府诗笺》也说"铙歌十八曲实只十七曲"，认为这两篇本是一篇（见《国文月刊》第三、第四两期）。庄、闻之说很有理，这也是一辞分于两曲的实例。这些现象也足以说明乐府重声不重辞。

一九四七年八月清华园

汉魏诗里的偏义复词

国语里有一种复合词，由并行的两词组成，在句中有时偏用其中一个的意义，可以称为偏义复词。例如：

> “费了那么多精神，到后来还要落褒贬，真不值得！”
>
> “我的丈夫受了重伤，万一有个好歹，叫我怎么过！”

这里“褒贬”偏用“贬”的意义，“好歹”偏用“歹”的意义。“褒贬”“好歹”都成为偏义复词。这种复词在古文里也并不少见。顾亭林《日知录》卷二十七，首先举出“得失，失也”，“利害，害也”，“缓急，急也”，“成败，败也”，“异同，异也”，“赢缩，缩也”，“祸福，祸也”七例。俞曲园《古书疑义举例》卷二续举“因老而及幼”，“因车而及马”，“因父而连言母”，“因昆而连言弟”，“因妹而连言姊”，“因伯而连言男”，“因败而连言成”七例。黎劭西先生曾著《国语中复合词的歧义和偏义》一文，载在《女师大学术季刊》第一卷第二期，添举“会同”、“朝夕”、“耳目”、“日月”、“禹稷”等八例。《燕京学报》第十二期有刘盼遂先生《中国文法复词中偏义例续举》一文，又补了“爱情”、“陟降”、“强弱”、“朅来”、“安危”、“虚盈”、“是非”、“动静”、“上下”等十七例。在诗歌里，因为凑字足句的关系偏义复词也许更多些。本文单从汉魏诗歌续举十七词。这类复合词的辨别往往关系诗的了解，提出来作为讨论资料，似乎不为无益而还可能是饶有兴趣的事情。

（一）“死生”，死也。汉乐府相和歌古辞《乌生》篇：“唶！我人民生各各有寿命，死生何须复道前后？”李因笃《汉诗音注》说：“弹乌，射鹿，煮鹄，钓鱼，总借喻年寿之有穷，世途之难测。”这是本诗的大旨。

上面所引的两句是本诗的结尾，意思是说夭寿全属天命，死亡早迟是不足计较的。这里因“死”而连言“生”，“生”字无义。这是所谓句中挟字法。

（二）“东西”，东也（或西也）。汉乐府相和歌《白头吟》本辞：“蹀躞御沟上，沟水东西流。”次句费解。既是沟中的水就只能东流或西流，不能既东又西。假如“东西”不是偏义复词，唯一可能的解释就是一条南流或北流的水注入和它垂直的沟，水分东西两头。但是如参看南朝《神弦歌》里的“蹀躞越桥上，河水东西流，上有神仙，下有西流鱼。……”等句，就知道这样说法不妥。《神弦歌》的河，只是一条河，因为已说明在一座桥下。从“西流鱼”三字看来，“东西流”实在就是东流，因为“河水”和“下有”两句是以古乐府《前缓声歌》“东流之水必有西上之鱼”一句为根据的。由此推论《白头吟》篇的“东西流”，虽不能断言是东流还是西流，“东西”一词用成偏义是很可能的。

（三）“嫁娶”，嫁也。同篇：“凄凄复凄凄，嫁娶不须啼，愿得一心人，白头不相离。”是说人家嫁女常常啼哭，其实嫁女是不必啼哭的，只要嫁得“一心人”，到老不分开，就是幸福了。全诗都是女子口吻，这几句也是就女子方面说。“嫁娶”也是用偏义。

（四）“松柏”，松也。汉乐府相和歌辞《艳歌行》“南山”篇：“南山石嵬嵬，松柏何离离。”这是开端的两句，下文说“洛阳发中梁，松树窃自悲”，“斧锯截是松，松树东西摧”，又说“本自南山松，今为宫殿梁”，全篇只写松树的事。开端虽然松柏并提，“柏”字不过是连言而及。

（五）“木石”，木也。汉乐府杂曲歌古辞《前缓声歌》：“心非木石荆，根株数得覆盖天。”木与荆有根株，石不能有根株。“木石”是常常连言的，所以这里因“木”而及“石”。

（六）“公姥”，姥也。汉乐府杂曲歌古辞《孔雀东南飞》篇“便可白公姥”，又“奉事循公姥”，又“勤心养公姥”。三句都是焦仲卿妻刘氏的话，但细观全诗，焦仲卿的父亲应已不在世，否则诗中有许多地方便说不通了。仲卿决心自杀时说“令母在后单”，从这句话可以见出他没有父亲。诗中叙刘氏嘱仲卿“便可白公姥”，接着便叙仲卿依嘱行事——“堂上启阿母”，从这里也可以见出仲卿没有父亲。刘氏口中屡次所说的“公姥”意思只指阿姥。这和俞曲园所举《礼记·杂记》

篇因父而连言母，黎劭西所举《毛诗·将仲子》因母而连言父属于一类。

（七）“作息”，作也。《孔雀东南飞》篇又有“昼夜勤作息”一句，旧注解“作息”两字多不可通。闻一多先生《乐府诗笺》说：“息，生息也，作息谓操作生息之事。”虽属可通，还嫌生强。作息自是对待的并行词，白居易诗云“一日分五时，作息自有常”，这是“作息”通常的用法，和今语相同。这诗的“作息”用成偏义，“终日勤作息”就是终日勤于劳作：也就是上文所谓“鸡鸣入机织，夜夜不得息”的意思。

（八）“父母”，母也。同篇：“我有亲父母。”和上举“公姥”例相似，这是因母而连言父。刘兰芝没有父亲也是显而易见的，她如有父亲就不当说“谢家事夫婿，中道还兄门”了。她的婚姻也不能“处分适兄意”，应当让父亲去做主了。

（九）“父兄”，兄也，同篇：“我有亲父兄，性行暴如雷。”兰芝无父，说已见上。这里“亲父兄”意思只是“亲兄”，“父”字是因“兄”而及。有人说同父之兄叫做亲父兄，似乎缺乏根据。萧涤非先生《汉魏六朝乐府文学史》将这里的“亲父兄”和《上留田行》

的“亲父子”相比附。《上留田行》并非完章，那几句诗究何所云，难有定说。“亲父子”的“父”字很可能是“交”字之误，和这里的“亲父兄”不是一类。

（十）“弟兄”，兄也。同篇：“逼迫兼弟兄。”此处“弟兄”一词也是字复义奇。全诗不曾叙兰芝有弟，逼迫者只是阿兄。本句“兼”字是承上句“我有亲父母”来的，上句“父母”只指母，此句“弟兄”只指兄，“兼”是兼母与兄，不得因兼字认为兰芝有弟。黎劭西先生说：“今国语谓‘弟’曰‘兄弟’亦连言而成凝定的偏义，若欲称兄及弟则不得云‘兄弟’而必曰‘弟兄’，如云‘两弟兄’，谓兄弟两人也；云‘两兄弟’，则其两弟矣。”那么，这一词的用法古今又有小不同了。

（十一）“洒扫”，扫也。张衡《同声歌》：“洒扫清枕席。”这诗上文“莞蒻席”、“匡床”、“衾帱”等词都关涉到床榻，这句“洒扫”两字当然直连“枕席”。枕席只可扫，不可洒，洒字不应有义，不过借以足句而已。

（十二）“冠带”，冠也。曹操《薤露行》：“沐猴而冠带，智小而谋强。”上句用《史记·项羽本纪》“沐猴而冠”成语，加一“带”字是为了凑成五言。阮籍《咏怀诗》“被褐怀珠玉”用《老子》“被褐怀玉”，加一“珠”字，“珠玉”亦成偏义复词，引用成语，加字足句，因而构成的偏义复词是较普通的一种。

（十三）“西北”，北也。曹植《杂诗》：“西北有织妇，绮缟何缤纷。”黄晦闻先生《曹子建诗注》说“织妇”喻织女星，并引《史记·天官书》说明织女星所在的方位是北方。本诗结句“愿为南流景，驰光见我君”，“南”字与“北”字相应，“西”字无义。

（十四）“西北”，西也。阮籍《咏怀诗》第四：“天马出西北，由来从东道。”这两句诗本于汉《郊祀歌》“天马来，从西极……经千里，循东道”。“北”字无义。这一类的偏义复词在诗歌里亦较常见，如古乐府“日出东南隅”之偏用东义，曹植“光景西南驰”之偏用西义等，不备举。

（十五）“存亡”，存也。阮籍《咏怀诗》第八十：“存亡有长短，慷慨将焉知。”这诗“长短”指寿命（喻国祚）；诗中“三山招松乔，万世谁与期”是说长存不可指望，“不见季秋草，摧折在今时”是说夭折却在意中。一本“存亡”作“存日”意义不变，但日字恐是后人不明复词偏义之例故意改的。注家也有人将“长短”解为“长短术”似乎未得诗意。（刘盼遂先生所举也有“存亡，亡也”一条，据《三国志·诸葛亮传》，可参考。)

（十六）“丝竹”，丝也。伪苏武诗：“幸有弦歌曲，可以喻中怀，请为游子吟，泠泠一何悲！丝竹厉清响，慷慨有余哀。”《游子吟》本是琴曲，所以上句说“幸有弦歌曲”。下文“丝竹厉清响”，“竹”字自是因“丝”连言而及。

（十七）“弦望”，望也。伪李陵诗：“安知非日月，弦望自有时。”此例黎劭西先生曾举过，他说：“日月，月也。日安得有弦望？”以“日月”为偏义复词固然可通，但“望”字本取日月相望之义，(《尚书》“惟二月既望”，孔安国曰：“十五日日月相望也。”阮籍诗云：“日月正相望。”）假如这两句诗改作“安知非日月，相望自有时”，不也可通么？那么问题岂不是只在“弦”字？所以也不妨说“弦望”是偏义复词。

以上十七条，是笔者平日读汉魏诗偶然注意，偶然札录的东西，相信如专意去搜寻一番，当有较多的发现。他日有暇，再来补充。

一九四八年夏

论蔡琰《悲愤诗》

相传属于蔡琰的三首诗，除《胡笳十八拍》后人多指为假托，已成定论外，其余被称作《悲愤诗》的两首，虽然载在正史，读者也并不全信。不过引起问题的只是其中五言的一首，对于骚体的一篇似乎向少疑问。苏轼《仇池笔记》“拟作”条云：

> 《列女传》蔡琰二诗明白感慨，颇类《木兰诗》，东京无此格也。建安七子犹含蓄不尽发见，况伯喈女乎？琰之流离必在父殁之后，董卓既诛，伯喈乃遇祸，此诗乃云董卓所驱虏入胡，尤知非真也。盖范晔荒陋，遂载之本传。

苏氏虽同时提到这两首诗，其怀疑论实在只对五言一首而发。其后胡应麟《诗薮》但称文姬骚体，不及五言，似以五言一首为伪作。许学夷《诗源辨体》也独信骚体一章。郑振铎先生《中国文学史》道：

> 细读二诗，楚歌体的文字最浑朴，最简单，最着意于炼句造语，……没有一句空言废话。确是最适合于琰的悲愤的口吻。琰如果有诗的话，则这一首当然是她写的无疑。琰在学者的家门，古典的气习极重；当然极有采用了这个诗体的可能。至于五言体的一首，在字句上便大增形容的了。……且琰父邕原在董卓门下，终以卓党之故被杀；琰为了父故，似未便那末痛斥卓吧？

两首《悲愤诗》叙写颇不一致，其中如有一首可信，另一首就很可疑。关于两诗的真伪是本文所要讨论的，但在讨论之前有一件重要的工作要做，就是弄明白它的本事。否则，讨论起来没有较切实的依据，也就不能有可靠的结论了。

蔡琰被掳的经过，范晔《后汉书》叙述不详。《董祀妻传》云：

> 夫亡无子，归宁于家。〔一〕兴平中，天下丧乱，文姬为胡骑所获，没于南匈奴左贤王。在胡中十二年，生二子。曹操素与邕善，痛其无嗣，乃遣使者以金璧赎之，而重嫁于祀。……后感伤乱离，追怀悲愤，作诗二章。

关于蔡琰被什么军队所掳，以及如何流落到南匈奴，本传都没有交代，因此后人纷作揣测。沈钦韩云：

> 《南匈奴传》："灵帝崩，天下大乱，於扶罗单于将数千骑与白波贼合寇河内诸郡。"《魏志》："初平三年，太祖击匈奴於夫罗于内黄，大破之。……四年春，袁术引军入陈留，屯封丘。黑山余贼及於夫罗等佐之。"据史则匈奴曾寇陈留，文姬所以没也。玩文姬诗词，则其被掠在山东牧

〔一〕《后汉书·蔡邕传》云："蔡邕……陈留圉人也。"

守兴兵讨卓，卓劫帝入长安，遣将徐荣、李蒙四出侵掠。文姬为羌胡所得，后乃流落至南匈奴也。……此当为初平年事，传云兴平非也。

何焯云：

《董卓传》："卓以牛辅子婿，素所亲信，使以兵屯陕辅。分遣其校尉李傕、郭汜、张济击破河南尹朱儁于中牟，因略陈留、颍川诸县，杀掠男女，所过无复遗类。"文姬流离当在此时。

王先谦《后汉书集解》并引沈、何两说，不置可否。但沈说和蔡诗、范史显有不合的地方，诗中明说"卓众来东下"，而於夫罗和董卓并无关系；传文明说"兴平中没于南匈奴"，而於夫罗到陈留不在兴平。如以本传"兴平"两字是"初平"之误，那就太武断了。何焯的假定就合理得多。李、郭等本是董卓的部属，而董卓所部本多羌氐。《后汉书·董卓传》云：

六年，征卓为少府，不肯就，上书言："所

将湟中义从及秦胡兵皆诣臣曰：'牢直不毕，禀赐断绝，妻子饥冻。'牵挽臣车，使不得行。羌胡敝肠狗态，臣不能禁止。"

李傕军中杂有羌胡，也见于记载，袁宏《后汉纪·献帝纪》云：

于是李傕召羌胡数千人，先以御物绘采与之，许以宫人妇女，欲令攻郭汜。

蔡琰必是被掳于李、郭等军中的羌胡，所以诗中说"卓众来东下"，又说"来兵皆胡羌"。董卓所部抄掠陈留，于史可稽的也只有李、郭等东下这一回。《后汉纪·献帝纪》载其事云：

（初平）三年春正月，丁丑，大赦天下。牛辅遣李傕、郭汜、张俉、贾诩出兵击关东，先向孙坚。坚移屯梁东，大为傕等所破。坚率千骑溃围而去。复相合，战于阳人，大破傕军。傕遂掠至陈留、颍川。

据此，李、郭等劫掠陈留在初平三年，和蔡琰本传所云“兴平中”仍然不合，而且和南匈奴也没有关系，这是何说启人疑窦的地方。其实何氏并未说错，不过只道着一半罢了。蔡琰从李、郭军到南匈奴部是经过一次转手的，关键是李傕等和南匈奴左贤王的一次战争。《后汉书·献帝纪》云：

> 壬申，幸曹阳，露次田中。杨奉、董承引白波帅胡才、李乐、韩暹及匈奴左贤王去卑率师奉迎，与李傕等战，破之。

《董卓传》和《南匈奴传》也记载这件事，不过称去卑为右贤王。《后汉纪·献帝纪》云：

> 董承、杨奉间使至河东，招故白波帅李乐、韩暹、胡才及匈奴右贤王去卑，率其众来，与傕等战，大破之，斩首数千级。

也称右贤王，去卑的称号该是“右贤”或“左贤”且不去管它，可注意的是南匈奴军和李傕、郭汜打了这么一回仗，获得不小的胜利。李、郭军中的子女玉帛在这时转移到胜利者手中是当然的。这一件事范晔和袁宏都叙在兴平二年十一月，和《董祀妻传》记琰没入南匈奴之年正相符合。蔡琰就在这次战争中由李、郭军转入南匈奴军，最为可能。所以蔡琰被掳的事实，原分两段：初平三年在陈留被李傕等军中的羌胡驱掠入关，到兴平二年冬脱离，是第一段；从兴平二年冬流入南匈奴，到十二年后被赎，是第二段。明白了全部事实，从前的种种纷纭都可以理清了。

从上引《后汉纪·献帝纪》文，又知道南匈奴左（或右）贤王去卑本居河东。这一支匈奴人是汉灵帝时从於夫罗单于流亡到内地来的，其居留地是河东平阳（今山西临汾附近）。〔一〕《南匈奴传》云：

> 建安元年，帝自长安东归。右贤王去卑……

〔一〕《南匈奴传》云："持至尸逐侯单于於扶罗中平五年立，国人杀其父者遂畔，共立须卜骨都侯为单于，而於扶罗诣阙自讼。会灵帝崩，天下大乱。……复欲归国，国人不受。乃止河东。"注："遂止河东平阳也。"

侍卫天子……及车驾还洛阳，又迁都许，然后归国。二十一年，单于来朝，曹操因留于邺而遣去卑归监其国焉。

李贤于“归国”下注云：“谓归河东平阳也。”又于“留于邺”下注云：“留呼厨泉于邺而遣去卑归平阳监其五部国。”可知这一部分的匈奴后来仍住平阳，未尝迁移。蔡琰本传说她在胡中十二年，生二子，然后被曹操赎还，所谓“胡中”就是平阳，并非塞外。从兴平二年起历十二年，是建安十一年。这一年春天曹操征高幹，取道河内的羊肠坂〔一〕，北上太行，攻围壶关。行军所到的地方离平阳不远。高幹曾投奔南匈奴求助，被拒绝。曹操或在这时和南匈奴通信使，得知蔡琰下落，因而赎还。

蔡琰在胡中十二年，和她同居生子的是何等人，已无法知道。但从文姬可以用金璧赎取这一点推测，她不像是单于或胡王的妃妾。从诗中“有客从外来，闻之常欢喜，迎问其消息，辄复非乡里”等句想象她

〔一〕 参看黄节《汉魏乐府风笺》曹操《苦寒行》注。

的生活，也不像是深居高供的人。以常情论，蔡琰在胡中如果身份高贵，享奉优裕，她自己也未必肯回乡改嫁了。

关于蔡琰被掳入胡到被赎，可以考知和可以揣测的情形，大略如上，较之前人所知道的事实稍稍有所增加，这时来辨证两首《悲愤诗》的真伪便可以有一些新依据了。我以为蔡琰如曾作诗来写她的悲愤，可信的倒是五言这一首，而骚体一首断然非真，因为五言《悲愤诗》所叙事实一一和史籍相合，而骚体一首的描写不切于实际的情景。且看下列诗句：

> 惟彼方兮远阳精，阴气凝兮雪夏零，沙漠壅兮尘冥冥，有草木兮春不荣。

这样写来，直以蔡琰所居的胡中为穷北荒漠之地。那里是南匈奴的景象？更何尝是去卑一支所住的河东平阳的景象？五言《悲愤诗》只说“处所多霜雪，胡风春夏起”，便觉毫无夸张。再看：

> 岁聿暮兮时迈征，夜悠长兮禁门扃，不能寐

兮起屏营，登胡殿兮临广庭。

乐人兴兮弹琴筝，音相和兮悲且清。

从这些诗句见出作者想象蔡琰在胡中的生活是居宫廷，娱丝竹，简直似乌孙公主、王昭君的身份了，又岂合于事实？又如：

身执略兮西入关，历险阻兮之羌蛮。

二句，称匈奴为“羌蛮”。且似谓蔡琰被虏于羌，直至其国，显然是错误。如这诗出蔡琰手笔，怎么会有这许多不真实的叙写呢？五言一篇就没有这些破绽，其写情的部分又深切感人，远过骚体，确有如陈祚明所谓“他人所不能言”者。范晔称为琰作，自属可信。

现在不妨将怀疑的意见拿来研究了。苏氏以为蔡琰被虏必在父死之后，上文所考事实已经证明其不确。他只根据本传“兴平中”云云来揣想事实，绝不曾想到蔡琰的流离还有兴平以前的一段。后来阎百诗却相信苏说，《尚书古文疏证》卷五十下云：

予尝谓事有实证，有虚会，……如东坡谓蔡琰二诗东京无此格，此虚会也；谓琰流落在董卓既诛之后，今诗乃云为董卓所驱掠入胡，尤知非真，此实证也。传本云兴平中天下丧乱，文姬为胡骑所获，没于胡中者十二年，始赎归。兴平凡二年，甲戌、乙亥，距卓诛于初平三年壬申已后两三载，坡说是也。

阎氏这里的论证远不如平时考经细心，他受了东坡的影响，有了"《悲愤诗》非真"的先入之见，所以一见诗中叙事和本传不合，便立刻据史驳诗，全不想传文那样简单，如何能包括全部事实？诗纵使是别人所作，也不见得不据事实。读者正该注意诗和传的参差，参考其他资料来判明其所以然，看诗和传的叙事是否可以互相补充。不应在事实未判明之前遽下断语，抹煞一方面。苏、阎二氏的疏忽由于被成见蒙蔽了。

再看苏氏"虚会"之处。他说《悲愤诗》"明白感慨，东京无此格"，亦属武断得很，试看同时曹操有《薤露行》、《蒿里行》，王粲有《七哀诗》，阮瑀有《驾出郭北门行》，无名氏有《孔雀东南飞》，可知叙事、写实，五言正是当时普遍流行的诗体。如果说五言《悲愤诗》不该产生在这段时间里，那么在建安之后、范晔著史之前，放在哪一段时间里才更合式呢？在汉末与刘宋之间又有什么作品比《七哀》或《孔雀东南飞》之类更和《悲愤诗》相似呢？何义门《读书记》云："《春渚记闻》载东坡手帖云：'史载文姬两诗，特为俊伟，非独为妇人之奇，乃伯喈所不逮。'当是公晚年语耳。"苏氏前后议论矛盾如此，《仇池笔记》或者不可靠吧？

至于郑振铎先生所提出的疑问，其本身似乎很可以引起疑问，他说骚体一篇是浑朴简单、字句锻炼的诗，最适合于蔡琰的口吻，但为什么像五言一篇"激昂酸楚"（沈德潜语）、"局阵恢张"（张玉穀语）的诗就不适合于她的口吻呢？如说写悲愤的诗只可浑朴简单，岂不和东坡认建安诗不能"明白感慨"同样无据？他说生于学者家门的蔡琰，极有采用古典的骚体的可能，然而为什么饱经世患，"流离成鄙贱"的蔡琰就没有采用当时流行的五言体的可能？蔡邕不也做五言诗么？他说蔡邕以卓党被杀，蔡琰不应痛斥董卓。蔡邕应否列为“卓党”，固然大可商酌；即可算做卓党，蔡琰身受“卓众”的蹂躏到那种程度，难道还能隐忍不言？难道还要看父亲面上为董卓遮盖？这岂不太出于情理之外？

总之，对五言《悲愤诗》虽有人提出疑难，其实都是容易解决的，决不能动摇蔡琰的著作权。此外关于蔡邕父女的传记还有两个小问题，和蔡琰诗多少有些牵连，不妨附带讨论一下。

第一是蔡邕有无后嗣的问题。《悲愤诗》说“既至家人尽”，本传说蔡邕“无嗣”，恰相符合，但《世说·轻诋》篇注引《蔡充别传》说蔡充的祖父蔡睦是蔡邕之孙。《晋书·羊祜传》说羊祜是蔡邕的外孙，又称蔡袭为羊祜的“舅子”。那么蔡邕至少有两孙，一名睦，一名袭。范晔说他无嗣，岂非错误？范晔说错了还不碍紧，蔡琰所云“家人尽”岂非同样失真？有了这一个破绽，此诗岂不也蒙赝鼎的嫌疑？这里的问题其实包括两件事：一是蔡邕有无子孙的考定；一是“既至家人尽”这句诗的解释。前者是缠讼已久的案子，一时恐难判决，但范晔未必处在不利的地位。《晋书·蔡豹传》说蔡睦是蔡邕的叔父蔡质之孙，和《蔡充别传》不同,《别传》不一定可据。《晋书·羊祜传》所谓“舅子”依侯康《后汉书补注续》说“非必即邕之孙，虽从孙亦得蒙此称也”。那么，范晔错不错现在还不能论定。即使范晔错了，蔡琰这首诗也不一定非受连累不可，因为“家人尽”不一定就是说死亡无余，也可能是说流散殆尽。何况经多年流离隔绝，蔡琰如有“家人”在远方，当时她尽可以不知而误以为“尽”，这并非情理所无的事啊。

第二是蔡琰是否在陈留被虏的问题。王先谦《后汉书集解校补》云：

> 案本传言文姬归宁于家，为胡骑所获。疑本于路被留，并未抵家也。邕文字亦无言及其家被祸者。

这一个假定如果能成立，蔡琰被虏是否与李傕等有关就成问题，而《悲愤诗》本事的考定就要重起炉灶了。但传“兴平中，天下丧乱”云云叙在“归宁于家”之后。“归宁于家”一句语气业已顿住，其事亦必在兴平以前。对于这一节文字的解释似不当如“校补”所说。至于蔡邕文字无言其家被祸一层，也很容易解释。一则李、郭等抄掠陈留时在初平三年春，邕于长安被杀在同年夏四月，空间距离很远，时间距离极近，消息传不了那么快。何况干戈遍地，又非平时可比。文姬被虏曾经过长安，尚且不能知道父死消息[一]，蔡邕不能知道其家被祸又有什么可怪？二则据《蔡邕传》，他的著述因李傕之乱颇有湮没，不尽流传，又如何能因为不见于他的文字，就断为并无其事？《校补》所疑，根据太薄弱了，当然也不能影响《悲愤诗》的辨证。

〔一〕由诗中“感时念父母”句可知。

曹操的两首诗

《三国志演义》里的曹操是一个否定的典型，是一个具备各种丑恶欲的封建统治阶级的阴谋家和野心家（虽然有一些记载的根据，却是大大地夸张了的），但是历史上真正的曹操却是那个阶级里的杰出的政治家、军事家和诗人。在汉末起义农民军黄巾和地主阶级的公开对抗中他虽然参加了对黄巾的镇压，但他在统一北方的过程中却做了不少对人民有益的事情，例如反对士族大地主，抑制土地兼并，减轻对农民的剥削，恢复生产，排除北方外族的威胁，使黄河流域的人民生活安定下来，起了对历史的推动作用。

作为一个诗人，他在文学史上有过好的影响。他的诗流传不过二十首，其中有一部分应该列入当时第一流的作品之中。现在举出下面两首，看看他们的主要特色是什么。首先看看《蒿里行》：

关东有义士，兴兵讨群凶。初期会盟津，乃心在咸阳。军合力不齐，踌躇而雁行。势力使人争，嗣还自相戕。淮南弟称号，刻玺于北方。铠甲生虮虱，万姓以死亡。白骨露于野，千里无鸡鸣。生民百遗一，念之断人肠。

《蒿里行》是汉代乐府民歌里旧有的题目，本是挽歌。曹操用来写人民在战乱中的丧亡，也是哀挽的性质。这诗开头两句叙述关东诸将组成联军讨伐董卓。当时曹操自己是讨董最积极的人。从第三句以下说本来希望团结群雄像周武王在孟津会合诸侯，也像刘邦项羽攻入咸阳似的，直捣洛阳，消灭董卓。不料起兵之后诸将观望不前，后来竟然争权夺利，互相残杀起来。袁绍的从弟袁术在淮南称帝，袁绍在北方也曾打算拥立刘虞，刻制印玺。他们引起连年混战，使得兵士长期不得解甲，老百姓大批的死亡，百不遗一，以至于千里荒凉。全诗在叙述中间夹杂议论，寄寓感慨。指出当时万姓丧亡的原因是由于少数人争夺势力。对殃民者的斥责是严正的。“白骨露于野，千里无鸡鸣”等句描写战祸的惨酷，惊心动魄。作者的哀感也很深沉，令人联想起当时其他诗人类似的诗句，如王粲的“出门无所见，白骨蔽平原”（《七哀诗》），“四望无人烟，但见林与丘”（《从军诗》）。蔡文姬的“城郭为山林，庭宇生荆艾。白骨不知谁，纵横莫覆盖”（《悲愤诗》），曹植的“垣墙皆顿擗，荆棘上参天。……中野何萧条，千里无人烟”（《送应氏诗》），都是为时代的灾难留影。建安时代的诗歌许多是直接取材于社会现实，反映了人民的疾苦的。这些诗直接继承了汉代乐府民歌的现实主义精神，也影响了后代的现实主义诗人。

《蒿里行》文字质朴，叙写平直，但有一定的感人力量。曹操在长期的戎马生活中亲眼看到社会残破和人民流离死亡的最象，感触深刻，所以写得很真实，而且流露着对受难者的同情，和一般概念化的作品自然不同。曹操对于民间疾苦的同情在其他作品中也有表示，不限于此篇。有人以为曹操的《蒿里行》是“目的在于骗取人民信任的虚伪诗篇”，这是没有根据的说法。封建统治阶级的某些上层人物对于民生疾苦有时抱同情态度并不是稀有的事，唐朝的白居易，宋朝的范成大，官都做得不小，他们都做了许多同情人民疾苦的诗。曹操写出《蒿里行》这样的作品并没有什么可怪。

曹操的《蒿里行》是借古乐府写当时的实事，这是一个创举。（清人沈德潜道："借古乐府写时事始于曹公。"）我们不要低估这个创举的价值。明朝的诗人锺惺评这首诗道："汉末实录，真诗史也。"我们知道唐代伟大诗人杜甫就是因为在诗里"善陈时事"才被人称为"诗史"的，锺惺的评语自然是很高的称赞。曹操的诗当然不如杜诗那样丰富地反映现实，但也是走了现实主义的道路。白居易提倡现实主义的口号是"为时而著，""为事而作，"元稹也提倡"讽兴当时之事，以贻后世之人。"曹操的《蒿里行》正是这样的诗。元白的理论是从历代现实主义的文学创作经验总结出来的，其中也包括曹操等建安作家的创作经验。

现在让我们从四言诗《短歌行》来看看曹操诗歌的另一方面的特色。

对酒当歌，人生几何。譬如朝露，去日苦多。
慨当以慷，忧思难忘。何以解忧，唯有杜康。
青青子衿，悠悠我心。但为君故，沉吟至今。
呦呦鹿鸣，食野之苹。我有嘉宾，鼓瑟吹笙。
明明如月，何时可掇。忧从中来，不可断绝。
越陌度阡，枉用相存。契阔谈讌，心念旧恩。
月明星稀，乌鹊南飞。绕树三匝，何枝可依。
山不厌高，海不厌深。周公吐哺，天下归心。

《短歌行》也是乐府题，本篇大约是用于宴会场合的。歌辞全篇分为八章，每章四句。一开头从酒和歌说起，饮酒听歌本是宴会中的当前实事。这时的歌声是慷慨的，因为他表达着忧思。这忧思是深重的，所以不得不借酒来消解。一、二两章就借着歌和酒道出对时光消逝的感慨。第三章“青青”两句用《诗经》中的成语，第一句的“子”和第三句的“君”都是指作者所思慕的贤才，也包括正在座的某些“嘉宾”。第四章全用《诗经·鹿鸣》篇的成句。《鹿鸣》本是宴会的诗，就借来表示对“嘉宾”的欢迎。第五章再说忧思之深。第六章说嘉宾远来，主客投契。第七章除写景外又以乌鹊无依这个比喻表达作者自己的复杂的感慨，这里情和景是交融的。第八章说明求贤建业的远大抱负。

最后两章是全诗关键所在。第八章是了解作者主观思想的关键，这是很明白的，不必去谈。第七章则是形成全诗气氛的关键，也是全诗艺术感染力最强的地方，读者最难忘的诗句也在这里（苏东坡凭吊赤壁时就想起“月明星稀，乌鹊南飞”来）。

“乌鹊”等句既包含着比喻，读者对它的意义难免有不同的猜测。从上下文义和全诗的气氛来看，这里不一定完全是作者自比。旧说这是劝告士人善于择主，不要南去吴蜀，也是不甚可通的，因为“乌鹊南飞”是叙述已然的语气，不是设想未然。

由于汉末大乱，北方人口大量迁移，流民的绝大部分是向南方去的，其中迁到荆州的为最多，也有到江东和交广的。刘表死后，荆州成为三国交战的中心，居民不得不一迁再迁。本诗的“乌鹊南飞……何枝可依”等句，除了可能含有像在作者另一首乐府诗《却东西门行》中所表现的征夫怀乡之感，表示作者在南征北讨，不能定居的生活中一时的厌烦以外，似乎也可能含有慨叹人民流离迁徙的情感。正因为这一章是这样的内容，读者才觉得诗中反复道出的忧思根源所在，而且真正被它感动，仿佛它不只是个人的感触，同时还能够从其中感觉到当时社会的氛围。

《文学知识》一九五九年四月

建安诗人代表曹植（一九二至二三一）

一

曹植的文学创作生活，如果从他十九岁（二一二）做《铜雀台赋》算起，共有二十二年，其初十年正当汉献帝建安时代的后半，所以他也是“建安诗人”之一。

建安时代是怎样的时代呢？

这时代正当大规模农民起义冲破了旧社会的秩序之后，帝王的权威垮了，地方官吏与豪右各各招兵买马，乘机扩张势力，成了军人割据，“群雄”逐鹿的局面。“群雄”之中有的属于强宗世族，如袁绍；有的是寒门小族出身，如曹操。他们属于统治阶级内部的两个社会阶层。在东汉末叶，后一个阶层已经走上政治舞台，成为新兴势力，和前一个阶层发生矛盾。黄巾起义的时候，这两个阶层暂时团结起来镇压农民，后来重又展开斗争。在曹操挟天子令诸侯，控制政权以后，新兴阶层取得一时的大胜利。曹操在政治、经济各方面的设施，都不顾东汉以来的传统，决心压抑世族。他的用人标准是“唯才是举”，取消了家世门第的限制。他的屯田制度是没收抛荒的土地改为公田，其中包括流亡大地主的土地。这些新政和人民的愿望是有符合之处的。曹操深知道如要巩固他的政权，必须抚辑流亡，恢复生产。要达到这个目的就得相当照顾人民的要求，所以他的口号是“爱民”，他的政策是减轻剥削，限制豪强兼并，使丧乱时代饱经忧患的人民舒一口气。因为曹操能执行这些向人民让步的政策，终于战胜袁绍等旧势力的武装，建立新兴阶层的统治。

君主失权和大地主失势也就是旧统治势力垮台，因而旧统治阶层所提倡的儒学也失掉拘束人心的力量，所以这时代又是思想得到一定程度的解放，个性得到发展的时代，从当时的抒情诗歌就可以见出。新兴阶层的知识分子早就放弃了经术，他们除治国用兵之学以外，特别重视文学，他们发展了文学。

作家解脱了儒家思想的束缚是这时代文学发展的一个因素，但更重要的因素却是从民间文学吸取了滋养。这时的新兴阶层的文人熟悉西汉以来逐渐丰富起来的乐府民歌，通过这些乐府民歌领略到民间文学的优美。因而他们自己的作品，无论内容和形式都受到很大的影响。

建安文学的中心在邺下。曹氏父子是重视文学的，当时邺下成为新兴阶层文人荟萃的地方，在曹氏领导之下形成一个集团。这个集团所产生的文学有其共同的特征，显出相当的进步性。曹植是这个集团的代表人物，从他的作品就可以见出那时代的文学特征和进步性。

二

曹植生在大动荡时代，他自己说是“生于乱，长于军”。但在他能懂事的年纪，中原已经大略安定（曹操消灭他的最大敌人袁绍，开始取得邺城做根据地的那年，曹植正十三岁）。他在有文学气氛的家庭里受教养，十岁时已经能诵读诗论辞赋数十万言。十九岁做《铜雀台赋》，开始显露他的文学才能。次年受封平原侯。同年跟随曹操西征马超，路过洛阳，做了一篇《洛阳赋》（仅存四句）。又有两首五言诗送他的朋友，诗人应玚，在第一首里描写了残破的洛阳，是他为时代的灾难所留影像之一。

> 步登北芒阪，遥望洛阳山。洛阳何寂寞，宫室尽烧焚。垣墙皆顿擗，荆棘上参天。不见旧耆老，但睹新少年。侧足无行径，荒畴不复田。游子久不归，不识陌与阡。中野何萧条，千里无人烟。念我平生亲，气结不能言。

可以和这一首对照着看的是《名都篇》，以繁盛时期的洛阳为背景，暴露都市里贵游子弟的腐化生活，也是有现实性的作品。至于他个人青年时期的生活却须从《公宴》、《斗鸡》、《侍太子座》等篇去看，这些是所谓"怜风月，狎池苑"的诗，是他在邺城度过的安逸生活的留影，也是邺下诗人集团生活的留影。大约在建安十六年到二十二年之间，曹植和他的哥哥曹丕以及一班幕僚兼朋友，王粲、徐幹、应玚、刘桢、陈琳、阮瑀等人常常聚会，“出则连舆，止则接席……酒酣耳热，仰而赋诗”（曹丕《与吴质书》）。他们互相赠答，或一题分咏。这种情形是以往作家所少有的。

他们最常用的文学形式是五言诗。这是从乐府歌谣发展出来的新诗体。这种诗体到汉末三国才开始普遍起来，尤其是邺下诗人大量采用，曹植用的更多。比起四言诗来，五言是较进步的形式。表现这时代新的文学内容，正需要新的文学体裁。他们对于文学语言也有新的要求，深奥典雅和过于质朴的语言都不能满足这时代的作家了。

正因为五言诗是从民间来的通俗体，当时诗人写五言诗所用的语言比四言诗通俗得多。曹操、曹丕、王粲都是这样，曹植也是这样。不过有些作家，尤其是曹植的诗在语言上的加工是相当多的。他把通俗的语言再加提炼。原来这时的诗多少受到辞赋的影响。曹丕《典论·论文》说“诗赋欲丽”，正是当时的标准，曹植最能符合这个标准。不过辞赋对于这时五言诗的影响，比之于乐府的影响，那是微小得多的，前者只影响声律、对仗、词藻，影响的程度也并不很深，而后者却影响诗的精神。因此曹植的诗确如黄侃《诗品义疏》所说“文采缤纷而不离闾里歌谣之质”。我们可以举他的《美女篇》来说明：

美女妖且闲，采桑歧路间。柔条纷冉冉，落叶何翩翩。攘袖见素手，皓腕约金环。头上金爵钗，腰佩翠琅玕，明珠交玉体，珊瑚间木难。罗衣何飘飘，轻裾随风还。顾盼遗光采，长啸气若兰。行徒用息驾，休者以忘餐。借问女何居，乃在城南端。青楼临大路，高门结重关。容华耀朝日，谁不希令颜？媒氏何所营？玉帛不时安。佳人慕高义，求贤良独难。众人徒嗷嗷，安知彼所观？盛年处房室，中夜起长叹。

这一篇被人认为建安“修词之章”的代表，如拿来和汉乐府《陌上桑》、《羽林郎》比较，词句更加精炼，但风调气息还是很相近的。所不同者，《陌上桑》、《羽林郎》是叙事诗，《美女篇》却该算作抒情诗。作者显然不是以描写美女为目的而是在自抒胸臆。乐府本以叙事为主，建安文人的乐府诗也叙事，但更多的是个人抒情，这在曹植尤为显著，更清楚的例子是后来的《吁嗟行》、《薤薤行》等篇。乐府诗用于个人抒情，实质上和一般的徒诗已经没有分别了。这是乐府诗的一大变化。

建安时代的抒情诗有一个特征，就是《文心雕龙》所说的“慷慨以任气”。“慷慨”是这时新兴阶层文人普遍的感情。曹植说他自己“雅好慷慨”，在他的诗里也常见“慷慨”这两个字。慷慨一方面是社会不平所引起的悲愤，另一方面是立事立功的壮怀。曹操的《蒿里行》“白骨露于野，千里无鸡鸣。生民百无一，念之断人肠”是慷慨；《碣石篇》“老骥伏枥，志在千里。烈士暮年，壮心不已”也是慷慨。曹植有一篇《泰山梁甫行》：

> 八方各异气，千里殊风雨。剧哉边海民，寄身于草野。妻子像禽兽，行止依险阻。柴门何萧条，狐兔翔我宇。

这诗和上引送应氏诗同为“忧生之嗟”，也是慷慨之音，表现同情疾苦的人道主义，正是建安诗的最可注意的特征。这首诗和王粲著名的"灞岸之篇"以及曹操、陈琳、阮瑀的一些叙事乐府有共同的精神，都是注目社会，反映现实。这种精神是从汉乐府一脉相承的。

曹植说："烈士多悲心，小人偷自闲。"（《杂诗》）又说："泛泊徒嗷嗷，谁知壮士忧？"（《鰕䱇篇》）认为烈士和壮士有一种慷慨之情为流俗所不能理会。烈士壮士的忧悲不全是关系个人的，上述从人道主义出发的是一种，从爱国主义出发的是又一种。曹植的《杂诗》说："闲居非吾志，甘心赴国忧。"又说："国仇亮不塞，甘心思丧元。"《白马篇》说："长驱蹈匈奴，左顾陵鲜卑。弃身锋刃端，性命安可怀？父母且不顾，何言子与妻？名编壮士籍，不得中顾私。捐躯赴国难，视死忽如归。"都是爱国的慷慨之言。他的《薤露行》说：

> 天地无终极，阴阳转相因。人居一世间，忽若风吹尘。愿得展功勤，输力于明君。怀此王佐才，慷慨独不群。鳞介尊神龙，走兽宗麒麟。虫兽犹知德，何况于士人！孔氏删诗书，王业粲已分。骋我径寸翰，流藻垂华芬。

这种恐惧生命短促，恐惧没世无闻，追求不朽，亟亟于乘时立业的思想，建安诗人大都有之。这正是新兴阶层文人积极向上的精神，正是他们不同于过去寄生阶级倡优式文人的地方。不过其结合爱国忧民的感情或多或少，不尽相同。如陈琳诗："骋哉日月逝，年命将西倾。建功不及时，钟鼎何所铭！"（《游览》二首之一）还是个人的荣名之想。至于曹操的"不感年往，忧时不治"（《秋胡行》）就和孔融一样，是"负其高气，志在靖乱"了。（语见《后汉书·孔融传》。）曹植所谓"戮力上国，流惠下民"（《与杨修书》）也正是同样的怀抱。正因为如此，我们读他的"慷慨独不群"云云只感到"高气"，而不会将它和狂生的大言等视。

曹植的"慷慨"是积极的，焕发的精神，构成其诗文的"骨气"。后人所推重的"建安风骨"也就是指这种精神。锺嵘《诗品》说曹植诗"骨气奇高，词采华茂，情兼雅怨，体被文质"，"文"就是词采，"质"就是骨气。沈约《宋书·谢灵运传论》所谓"以情纬文，以文被质"是建安诗的特征，这种特征表现在曹植的诗里尤其明显。

三

曹植的实际政治才能，未经考验，不晓得究竟怎样。但曹操认为曹植在他的诸儿之中“最可定大事”，所以曾考虑立为太子。后来因为他失掉父亲的宠爱和信任，受任大事的机会也就没有了。二三零年曹丕受汉禅让，做了大魏皇帝，对一向被他猜忌的曹植就开始迫害。首先是剪除曹植的羽翼，杀掉一向拥护曹植的丁仪和丁廙。当时曹植自己也是俎上之肉，当然无法救他的朋友，但希望有别人来援手。这种心情表现在《野田黄雀行》：

> 高树多悲风，海水扬其波。利剑不在掌，结友何须多？不见篱间雀，见鹞自投罗？罗家见雀喜，少年见雀悲。拔剑捎罗网，黄雀得飞飞。飞飞摩苍天，来下谢少年。

这样“风波”喻险恶，“利剑”喻权力。“雀”喻被难的朋友，“少年”喻假想的有力来援救的人。当时作者自己也正似罗网里的黄雀，虽然保全性命，自由却丝毫没有。被遣就国之后，监国使者天天在旁找他的错儿，随时可以得罪。他的《离缴雁赋》所谓“挂微躯之轻翼，忽颓落而离群”，《鹦鹉赋》“常戢心以怀惧，虽处安其若危”，都是比况自己的处境和心情。黄初二年（曹丕即位第二年），监国使者果然控告他“饮酒悖慢，胁劫使者”。曹丕给他贬爵的处分。他的《乐府歌》：“胶漆至坚，浸之则离。皎皎素丝，随染色移。君不我弃，谗人所为。”表示对于监国使者的怨愤。《当墙欲高行》说得更痛切：

> 龙欲升天须浮云，人之仕进待中人。众口可以铄金，谗言三至，慈母不亲。愦愦俗间，不辨伪真。愿欲披心自说陈，君门以九重，道远河无津。

黄初四年，曹植和任城王曹彰、白马王曹彪一同入朝，曹彰到洛阳后不明不白地死了。曹彪回国，曹植希望和他同路东归（这时他的封地是雍丘），但监国使者不给他这个自由。他十分愤慨，写了有名的《赠白马王彪诗》七章。第三章“鸱枭鸣衡轭，豺狼当路衢，苍蝇间白黑，谗巧令亲疏”等句痛骂监国，最为愤激。

第五章“奈何念同生，一往形不归……存者忽复过，亡殁身自衰。人生处一世，去若朝露晞，年在桑榆间，景响不能追。自顾非金石，咄唶令心悲”等句，从曹彰的暴死想到自己朝不保夕，又悲又怕，最为深痛，而第六章更能感人：

心悲动我神，弃置莫复陈！丈夫志四海，万里犹比邻。恩爱苟不亏，在远分日亲。何必同衾帱，然后展殷勤？忧思成疾疢，无乃儿女仁？仓猝骨肉情，能不怀苦辛！

这一章前面的话全是宽慰曹彪，嘱他不要悲伤，末后忽然又说要想不悲伤是办不到的。好像劝人停止啼哭，话还没说完自己倒哇的一声哭出来了，全是真情实感的自然表现。另有一首失题诗，写别离的伤感和畏祸的心情，大约也是这时所作：

双鹤俱远游，相失东海旁。雄飞窜北朔，雌惊赴南湘。弃我交颈欢，离别各异方。不惜万里道，但恐天网张。

曹丕死后曹睿继位，曹植的生活并未改善。他这时所感的痛苦，一是再三改封，居处不定；二是兄弟隔绝，不许交通；三是土地贫瘠，衣食不继；四是闲居坐废，功业无望。《迁都赋序》说："余初封平原，转出临淄，中命鄄城，遂徙雍丘，改邑浚仪，而末适于东阿。号则六易，居实三迁。连遇瘠土，衣食不继。"因为几次改邑徙都，所以有漂泊之感，表现在《吁嗟篇》：

> 吁嗟此转蓬，居世何独然！长去本根逝，夙夜无休闲。东西经七陌，南北越九阡，卒遇回风起，吹我入云间。自谓终天路，忽焉下沉渊。惊飚接我出，故归彼中田！当南而更北，谓东而反西。宕宕当何依，忽亡而复存。飘摇周八泽，连翩历五山。流转无恒处，谁知吾苦艰？愿为中林草，秋随野火燔，糜灭岂不痛？愿与根荄连。

这诗用转蓬自喻。其中"宕宕何依"、"飘摇"、"流转"的感觉还不是最痛苦的，更深的悲感是"长去本根"。原来明帝不许诸王入朝，曹植苦于"婚媾不通，兄弟永绝……恩纪之违甚于路人，隔阂之异殊于吴越"（《求通亲亲表》)，骨肉之间生离等于死别，所以本篇末四句说得那么沉痛。

文帝和明帝对待诸侯都极其苛薄，对曹植更甚。曹植自述贫困的情形又见于《转封东阿王谢表》：“桑田无业，左右贫穷，食裁糊口，形有裸露。”他的部曲既少，又多老弱，许多是“卧在床席，非糜不食，眼不能睹，气息裁属”的(《谏取诸国士息表》)，当然不能有什么生产。不过比贫穷更难忍受的是生活的孤寂。《闲居赋》说：“何吾人之介特，去朋匹而无俦。出靡时以娱志，入无乐以消忧。”可见其“块然独处”的烦闷。《白鹤赋》“伤本规之违忤，怅离群而独处，恒窜伏以穷栖，独哀鸣而戢羽”也正是自喻。他尤其不能甘心的是长此废弃，使建功立业的希望永远断绝。但他还想竭力争取，太和二年上书给明帝，要求让他“乘危蹈险，骋舟奋骊，突刃触锋”，身先士卒，宁愿“身分蜀境，首悬吴阙”，而不愿“禽息鸟视，终于白首”，作“圈牢之养物”。但明帝也是疑忌他的，终不肯把他放出圈牢。

明帝的疑忌也不为无因。太和二年明帝幸长安的时候，洛阳竟发生谣言说皇帝死在长安，从驾群臣迎立曹植。(《三国志》注引《魏略》）足见曹植在当时臣民的心目中还大有威望，这对于曹植是不利的。他自己当然也知道这种关系，所以有一篇《怨诗行》，以周公自比，以周成王比明帝，感叹“为君诚不易，为臣良独难。忠信事不显，乃有见疑患”，而希望有一天能像周公表明心迹，如“金縢”故事。但这想法是落空了，他只能郁郁到死。

曹植在忧谗畏讥的生活中有不少“讽君”之作，《怨诗行》、《七步诗》都是后人所熟悉的。此外如“明月照高楼”、“种葛南山下”、“浮萍寄清水”等篇，作怨女弃妇口吻，也都是有所托喻。这一类，在他的作品里也是艺术性较高的。他又有游仙诗多篇，其中有些也表现作者苦闷的感情，如《游仙》:“人生不满百，岁岁少欢娱。意欲奋六翮，排云凌紫虚。”《远游》:“九州不足步，愿得凌云翔。逍遥八纮外，游目历遐荒。”都是有激而发，并不是真的歌颂列仙之趣和追求奇幻的境界。曹植在《辨道论》里骂过方士，在《赠白马王彪诗》里又明白说出“虚无求列仙，松子久吾欺”，可见他本不是迷信神仙的。

曹植在黄初以后的生活造成其诗歌的“抑扬怨哀”

的一面，和他早年那些“不及世事，但美遨游”的作品成为鲜明的对照。

四

曹植是好大喜功的人，强烈地追求身后荣名。他的第一志愿是在政治上有所建树，立“经国之大业”。其次是在学说上有所贡献，“成一家之言”，最后才是做一个文学家，“以翰墨为勋绩，辞赋为君子”。但究竟还算看得起文学，他相信文学也可以使人不朽，所以他在王佐事业上碰壁以后还是下决心“骋我径寸翰，流藻垂华芬”。

虽然做诗人是他的第三志愿，他却是第一个以诗为事业的人。诗终于使他不朽。

他的文学观念是进步的，他在《与杨德祖书》中曾说：“街谈巷说必有可采，击辕之歌有应风雅，匹夫之思未易轻弃。”他也熟习民间文艺，他曾对邯郸淳背诵“俳优小说数千言”（《三国志·王粲传》注引《魏略》），对于乐府民歌的欣赏更不消说。“通俗”是当时新兴阶层文人的进步倾向，在汉灵帝时已经如此，保守的，属于旧阶层的文人如蔡邕，就反对这种倾向。

（详见《后汉书·蔡邕传》）这种倾向使曹植重视五言诗，用来做主要的文学形式。

他有很深的古典文学——诗、骚、赋、颂——的修养，这对于他提炼诗的语言有所帮助。但他是在乐府民歌的基础上来提炼，不是把诗骚赋颂移植到诗里来。所以他发展了乐府民歌，不是僵化了它。他把五言诗从“质木无文”发展到“词采华茂”，是功绩，不是罪愆。至于后来陆机、颜延之等人受他的影响而走得太过，却不是他所应该负责的。

因为他所属的阶层在当时有一定程度的进步性，比较接近人民，又因为他自己在政治上是受压迫的，生活是艰辛的，自然产生对贫苦人民的同情，所以在诗里有人道主义的成分。

他在压迫之下并不颓丧，不放弃英雄事业的理想，始终意气慷慨，所以他的诗感情强烈，精神焕发，骨气奇高。

热情和壮志使他成为爱国者。他渴望统一，不忘平吴伐蜀，也关心边患，高呼“蹈匈奴”、“凌鲜卑”。以当时较进步的魏国来统一吴蜀是推进历史的合理办法，解除西北外族的威胁也是当时的迫切任务，所以他的口号不是黩武的，而是爱国的精神。这精神鲜明地表现在他的诗里。

不过，他所属的阶级究竟是剥削阶级，他的阶级出身不能不限制他。因而他的同情疾苦，反映社会的诗究竟是少数，多数作品是只关系他个人的。时代也限制他，他选择文学形式也不能完全放弃四言诗、辞赋等旧体，做了不少的假古董，不能彻底走革新的路。因此我们觉得锺嵘《诗品》说曹植在文学领域里的地位“如人伦之有周孔，鳞羽之有龙凤”稍嫌过分一些。但是话说回来，他毕竟是奠定五言诗基础的最大功臣，他的成就毕竟超过同时代的作者。当时文学的进步性在他的诗里表现得非常鲜明。他确实是建安诗人最适当的代表。我们既重视建安时代的诗，那能不重视这一个代表人物？

一九五一年八月二十五日

吴声歌曲里的男女赠答

乐府《清商》等绝中有些是一倡一答，男女互赠的诗，在《西曲歌》里曾有少数被人注意到，如《那呵滩》二首：

> 闻欢下扬州，相送江津湾，愿得篙橹折，交郎到头还。
>
> 篙折当更觅，橹折当更安，各自是官人，那得到头还。

“到”就是“倒”，篙橹都折，就只能倒转而还了。前一首女子词，后一首男子答。谭元春云“二首一语一应”，范大士云“一种相调之情写来如话”，是也。这种赠答诗在西曲歌里很希罕，此例之外只有齐释宝月的《估客乐》“大编珂峨头”和“初发扬州时”两首〔一〕。但在《吴声歌曲》里这类诗却不少见，似乎一向不曾有人留心过。例如《欢闻变歌》：

金瓦九重墙，玉壁珊瑚柱，中夜来相寻，唤欢闻不顾。

欢来不徐徐，阳窗都锐户，耶婆尚未眠，肝心如椎橹。

前诗是男子埋怨责备的口吻，后诗是女子的回答，语意很明显。又如《前溪歌》：

忧思出门倚，逢郎前溪度。莫作流水心，引新都舍故。

前溪沧浪映，通波澄渌清。声弦传不绝，千

〔一〕此二诗《乐府诗集》不题作者姓名，从左克明《古乐府》作宝月诗。

载寄汝名，永与天地并。

逍遥独桑头，北望东武亭，黄瓜被山侧，春风感郎情。

逍遥独桑头，东北无广亲。黄瓜是小草，春风何足叹，忆汝涕交零。

黄葛生烂漫，谁能断葛根，宁断娇儿乳，不断郎殷勤！

黄葛结蒙龙，生在洛溪边，花落逐水去，何当顺流还？还亦不复鲜！

第一首女子词，第二首男子答。“声弦”或是说琴音，因为前诗提到“流水”，就与高山流水的故事作联想，以琴音长在人心，喻相忆永无断绝。第三首女子词，第四首男子答。这两首句句针对，赠答的意味更明显。第五第六仍是女倡男答，前诗是“终不罢相怜”的口吻，后诗则似表示“覆水难收”，是所谓决绝之词。《乐府诗集》载《前溪歌》共七首，这六首成为三对。另一首原来也该有匹偶，可惜已经亡逸了。

我想，如要在《吴声歌曲》里发见更多的男女赠答之词，应该到大群的《子夜歌》里去搜寻。论理，

《子夜歌》应该全部是男女赠答之词。因为它本是歌谣，（从《大子夜歌》“歌谣数百种，子夜最可怜”两句可以知道。）其内容又都是言情，自当和今时湘滇两广的山歌一样，有倡有答。但因为现存的《子夜歌》不完全〔一〕，又和文人的作品羼混〔二〕，一一分别实在不容易。不过，话虽如此，现在能够分别出来的也还不算太少，大约够得上一半罢。这里且在《子夜歌》里举十首，在《子夜四时歌》里举十六首做例。（各诗均见《乐府诗集》）

子夜歌

（一）落日出前门，瞻瞩见子度，冶容多姿鬓，芳香已盈路。

（二）芳是香所为，冶容不敢当，天不夺人愿，故使侬见郎。

〔一〕子夜春夏歌皆二十首，秋歌只十八首，冬歌只十七首，显有亡逸。

〔二〕《乐府诗集》载《子夜歌》四十二首，其中“恃爱如欲进”、“朝日照绮窗”二首《玉台新咏》题作梁武帝诗，二首与他诗作风迥异，郭书误录无疑。其余作风不似歌谣者尚多。

（三）始欲识郎时，两心望如一，理丝入残机，何悟不成匹。

（四）见娘善容媚，愿得结金兰，空织无经纬，求匹理自难。

（五）崎岖相怨慕，始获风云通，玉床〔一〕语石阙，悲思两心同。

（六）今夕已欢别，合会在何时？明灯照空局，悠然未有期！

（七）自从别郎来，何日不咨嗟？黄蘖郁成林，当奈苦心多！

（八）高山种芙蓉，复经黄蘖坞，果得一莲时，流离婴辛苦！

（九）感欢初殷勤，叹子后辽落，打金侧玳瑁，外艳里怀薄。

（十）初时非不密，其后日不如，回头批栉脱，转觉薄志疏。

上例（一）是男子词（二）是女子答。后诗第

〔一〕《乐府诗集》作“玉林”，从《古乐府》改正。

一句答前诗第四句，第二句答前诗第三句，三四答前诗一二。（三）是女子词（四）是男子答。两诗同以布匹之匹喻匹配之匹，词意恰恰相应。（五）（六）也是情人的对话，（五）是倡，（六）是答，不过何首属男，何首属女，却不显明。前诗“玉床”、“石阙”都代替“碑”字。和《读曲歌》“伏龟语石板”一句相同。“碑”与“悲”同音。崎岖已度，风云始通，正是苦尽甘来的时候，为什么又同有悲思呢？欲明其故须看答诗。答诗第一句“欢”、“别”两字不能连读，别无欢理。这句诗是说欢罢又别，看下文才能明白。“明灯照空局”就是说“不见棋”，“不见棋”也就是“未有期”，“期”、“棋”同音，隐语双关。前诗“始获风云通”一句是后诗“欢”字的注脚，后诗“别”字又是前诗“悲思两心同”一句的注脚，所以两诗必须合看，不能分割。（七）是女子词，以黄蘖的苦心喻相思的苦心。（八）是男子答词，黄蘖之外又添用一个比喻，以“莲”隐“怜”。是说彼此历经困苦，才得一次相怜（爱）的机会，也就是说不经困苦就不能得此机会，语气之间有感叹，也有慰勉。这两首诗也必须合看。（九）男或女词，（十）女或男答。前诗“打金侧玳瑁”，是说金箔镶嵌在玳瑁上，“箔”与“薄”同音双关。“外艳里薄”表面上说的是金，骨子里说的是人——薄情郎或负心女。这是责怨对方情衰的诗。答诗直认不讳，且针锋相对，毫不躲闪。第三句隐着一个“梳”字，“梳”、“疏”同音。梳篦日久变疏，本不足怪，人情渐疏不也很自然么？这意思和《读曲歌》“君行负情事，那得厚相于，麻纸语三葛，我薄汝粗疏”相似。这两首也是分割不开。

下面再从《子夜四时歌》举例：

春　歌

（一）妖冶颜荡骀，景色复多媚，温风入南牖，织妇怀春意。

（二）朝日照北林〔一〕，初花锦绣色，谁能不相思，独在机中织。

（三）自从别欢后，叹音不绝响，黄蘖向春生，苦心随日长。

〔一〕此用曹植诗句。《乐府诗集》作“明月照桂林”，春歌而言桂花，显有误，花作锦绣色亦不似月下光景，据《玉台》改正。

（四）昔别雁集渚，今还燕巢梁，敢辞岁月久？但使逢春阳。

夏　歌

（一）高堂不作壁，招取四面风，吹欢罗裳开，动侬含笑容。

（二）反覆华簟上，屏帐了不施，郎君未可前，待我整容仪！

（三）春倾桑叶尽，夏开蚕务毕，昼夜理机缚，知欲早成匹。

（四）田蚕事已毕，思妇犹苦身，当暑理絺服，持寄与行人。

秋　歌

（一）风清觉时凉，明月天色高，佳人理寒服，万结砧杵劳。

（二）白露朝夕生，秋风凄长夜，忆郎须寒服，乘月捣白素。

（三）开窗秋月光，灭烛解罗裳，合笑帷幌里，举体蕙兰香。

（四）凉秋开窗寝，斜月垂光照，中宵无人语，罗幌有双笑。

冬歌

（一）渊水厚三尺，素雪覆千里，我心如松柏，君情复何似？

（二）未尝经辛苦，无故强相矜，欲知千里寒，但看井水冰。

（三）何处结同心？西陵松柏下。晃荡无四壁，严霜冻杀我。

（四）蹑履步荒林，萧索悲人情，一唱泰始乐，枯草含花生。

春歌（一）男子词，意谓这样的季节，织妇的情思该有点异样了吧！（二）女子答：正是如此。（第三句《玉台新咏》作“谁能春不思”，语气更相应。）（三）女子词，是“道苦”之诗。（四）男子答：别离的日子虽不少，能及时而归也就可慰了。夏歌（一）男子词，（二）女子答。后诗“整容仪”三字从前诗“罗裳开”三字来。（三）男子词，（四）女子答。和下面秋歌（一）（二）两首同类。秋歌（三）（四）是子夜歌群中最艳的诗，前一首似当属男子，“蕙兰香”

似是对女子的赞美。冬歌（一）是女子词，（二）是男子答。“相矜”指前诗“我心”两句说。（三）女子词，（四）男子答。“荒林”即指“西陵松柏下”，“一唱”两句答前诗“晃荡”两句。

在《子夜歌》和《子夜四时歌》里还有十几组（以一赠一答为一组）的诗可以做例，如“宿昔不梳头”和“自从别欢来”，“朝思出门前”和“别后涕流连”，“遣信欢不来”和“怜欢好情怀”，“年少当及时”和“侬年不及时”，“夜长不得眠”和“夜长百思缠”，“春园花就黄”和“碧楼冥初月”，“开春初无欢”和“春别犹眷恋”，“青春盖渌水”和“春桃初发红”，“秋风入窗里”和“鸿雁搴南去”，“昔别春草绿”和“寒鸟依高树”，“适见三阳日”和“严霜白草木”等首，赠答之意都很显著。此外有十几首也可能是赠答诗，但欠明显，征引从略。

这种赠答的形式间或也见于当时文人的模仿作品里，如谢灵运的《东阳溪中赠答》二首：

可怜谁家妇，缘流洒素足，明月在云间，迢迢不可得。

可怜谁家郎，缘流乘素舸。但问情若为，月就云中堕。

这两首诗自是模仿当时江南的民歌，在谢集中很显得别致，被选录在《玉台新咏》卷十。《玉台新咏》同卷又有梁武帝〔一〕《欢闻歌》二首：

艳艳金楼女，心如玉池莲，持底报郎恩？俱期游梵天。

南有相思木，合影〔二〕复同心，游女不可求，谁能息空阴？

这两首也是赠答。《乐府诗集》《欢闻歌》里收第一首，第二首放在《欢闻变歌》里。左克明《古乐府》只载第二首，也题作《欢闻歌》。徐陵并录这两首诗，或者也见出它们互相关应之处罢？《欢闻歌》也是吴声歌曲，也许这歌原来就是赠答体，梁武帝这两首也许正是保存原式。

〔一〕《乐府诗集》作王金珠诗，《古乐府》同。

〔二〕《玉台》原作“含情复同心”，似非，此从《乐府诗集》及《古乐府》。

这类少数例子，或有人以为是偶然巧合，但如《子夜歌》里属于赠答形式的既然那么多，就不会是偶然了。我们觉得有理由相信《子夜歌》原来都是男女赠答之词，不但《子夜歌》，从上面所举的例子看来，《前溪歌》也正是如此。

一九四七年二月

说鲍诗

鲍诗传精采于劲骨，申直气于高弦，骨劲故丽而不浮，气直故炼而更逸。并曹、刘之天纵，启李、杜于方来，沿流者乐其夸奇，知味者赏其高古。独居古今之际，特有振绝之观，锺氏以为总四家而擅美，跨两代而孤出，非虚誉也。至谓不避危仄，颇伤清雅，疑非本源之论，盖不可从。

李白纪念馆成立纪念

神州自古焕文章，李杜之业何煌煌。蜀山耸翠水沧浪，其间乃有青莲之馆、浣花之草堂。游人到此仰辉光，古今人望思何长。盛唐育李杜，李杜光盛唐。今人思古不忘祖，祖望子孙能颉颃。昔贤往矣史留芳，后贤继美有新章。江山佳气无穷尽，新史会有新盛唐。

诗论十首 *

一

恍惚之思奇丽情，慨慷犹是建安声。
庄生屈子通呼吸，举袂朝阳作凤鸣。

二

景阳警秀左思雄，爽气苍然望两峰。
咏史英风真绝代，振衣千仞太康中。

* 这组诗是作者晚年之作。——编者注

三

郁勃涵于平淡中，挥杯劝影对孤松。
金刚怒目有时见，难测诗家隐逸宗。

四

下接唐贤上建安，鲍家诗在古今间。
高弦一振惊沙起，六代铮铮行路难。

五

永明诗变有唐音，秀句何须论古今。
为向宣城裁片锦，试参摩诘辋川吟。

六

银潢屈注本天成，规矩常随音节生。
欲悟杜陵诗律细，姑从秋兴味声情。

七

佳人比兴羌村赋，非汉非陶真杜诗。

肖古非难难脱古，纷纷摹写几人知。

八

文体为诗非异端，从来诗国道途宽。
唐人自有唐人古，莫怪元和异建安。

九

硬语如磐妥帖施，昌黎蹈险每如夷。
天街小雨描来细，不为才高废小诗。

十

五十丝弦记逝年，庄生晓梦已如烟。
诗人比兴容多义，无事纷纭议郑笺。

题　诗

一

子美诗称史，江河此上游。
旧瓶新酒注，生活是源头。

二

作诗贵活句，圆转弹丸如。
人民唇吻上，自有活诗书。

注：1962年10月余先生为北京师范大学中文系学生蔡文锦诗稿题诗二首。

编者按语

侯　明

余冠英先生生于松江，长于扬州，自小既深受家乡学术传统的熏染沾溉，饱读诗书，又近承“五四”叛逆精神的启迪滋养，锐意创新。他先拜创造社宿将洪为法先生为师，启蒙入门，每能感时忧世，濡染为文；继与亦师亦友亦姻亲亦乡党的朱自清先生订交，常有切磋问难、推研托属之幸，终能探赜博雅，究成大家。

余冠英先生从研究新文学入手——其清华毕业论文即为《论新诗》，由朱自清指导。后来朱氏在编辑《中国新文学大系·诗集》撰写《导言》时，还曾引以佐证。继而，余先生把所藏新文学资料悉赠朱自清先生当年的研究生王瑶，自己则溯及中古，浸淫多年，却能得之于心。最后，再进而达至先秦，而于天人之际、古今之变间，深入浅出，通中见微，俗中得雅。冠英先生尝自愧于时人称之为“文学史家”，总是谦逊地自谓仅对中上古文学略知一二而已，其沉厚内敛谨慎为人迥于当下某些放言大师相异，更令吾辈后人心仪、景仰，如山、如石。

本集文字分为几个部分。一是余冠英先生在漫长的学术生涯中，经过精研肯綮而对中古文人诗产生的深刻感悟；二是冠英先生在对《诗经》、曹魏建安诗、乐府诗以及汉魏六朝诗进行了系统研究后，而对中国上、中古诗歌历史架构所进行的多方位、大视角、俯瞰式的整体把握和全息勾勒；三是冠英先生个人在读诗之余，对某些闪现脑际灵光电火的巧妙捕捉，对某些激荡胸臆感慨唏嘘的诗意呈现，虽断章短帙，却无不兴味杳然、蹁跹成趣，即或于识见大端，亦足于点到为止之处，力透于纸背，烛照于后愚。

重温先辈旧文，字里行间，恳切精到，如握如谈，更使我悠然忘情，不知今夕几何！

二〇一四年三月